網路古典詩詞雅集策劃

網苑凝香

網路古典詩詞雅集十五週年紀念詩集

目次

《網苑凝香》序

顏崑陽

「詩心」怎能讓它滅絕！

這是一個沒有「詩」的時代，古典詩與現代詩都不入大眾的心眼中。顯然其因並非體製新舊的形式差別，而是「詩心」已死。

詩心出於人的靈性，也出於文化教養。人的靈性能感物而動、緣事而發，表現為吟詠，故〈詩大序〉說：「情動於中而形於言。」劉勰《文心雕龍・明詩》也說：「人稟七情，應物斯感，感物吟志，莫非自然。」鍾嶸〈詩品序〉同樣說：「氣之動物，物之感人，故搖蕩性情，形諸舞詠。」因此，我們可以說，詩之所以產生，主觀原因是「人」的性情本具「能感」的初心；客觀原因則是「事物」隨時起著「變化」的現象。主客兩者會遇，詩心湧動，衝口而出，就是「詩性意象」，故劉勰說「感物吟志，莫非自然」；至於語言形式規矩，那就要靠文化教養了。

那麼，「詩」其實是遠古時代，人類天真尚存的「初心」之所發，「三百篇」不也就是這樣自然產生了嗎？那麼，「詩心」已死，也就是人性之天真已喪矣。

這時代，人們的「詩心」已死，被沒有人性的科技與唯利是圖的經濟、永不停歇的官能刺激與惡質的權力鬥爭埋葬了。人們認為：「詩」對他所追逐的這些物事，沒有幫助。因此，我們的文化教養中，沒有「詩」。聽說，日本天皇到哪兒巡視或遊覽，都會寫作或吟詠和歌、俳句。上好之，下必甚焉。日本的大官小吏，或者文化教養優質的百姓們，對他們自己這種傳統的詩歌，都不陌生。我們的高層領導呢？我們的大官小吏呢？我們的所謂知識分子呢？由於不知如何回答，就留白不說了。

然而，面臨滅絕的事物，總有不死的種籽，在人們不經眼處，依著他們的天性，發芽、生長、茁壯而開花、結果，以維繫著緜緜不絕的命脈。大眾的心眼中沒有詩；詩，卻還是在「詩心」不死的小眾中，鏗鏘著它的聲韻，流暢著它的情意。古典詩，雖屬稀有物種，卻未滅絕；而且變換了新建的傳播工具，名為「網路」，正在擴散它的接受力。

「網路古典詩詞雅集」已創立十五週年，一種以詩會友而新型的「想像社群」還不斷在漣漪擴散中。回想紙筆的時代，「雅集」是一件費事的詩人社群活動，一個月能舉辦一次，就不容易了。假如詩友散居遙遠的各方，聚會就更是困難了。而網路雅集卻隨時能以詩會友，詩友即使散居全球，也不受阻隔。雖然「身」在書房中、電腦前，卻「心」在想像社群的情境內，彷彿聽得到聲韻交響，感受得到情意相通，而恍然看得見對方的歌容笑貌。

這群網路古典詩詞雅集的版主，正選出作品，出版成書，題曰：《網苑凝香》。他們都是當代的優秀詩人：陳靄文、鄭中中、卞思（李正發）、楊維仁、小發（李佩玲）、子衡、吳俊男、壯齋（李知灝）、張富鈞、何維剛。最長者陳靄文，年過耳順；其次卞思、楊維仁，知天命而已；最少者何維剛，則年方而立。成員以中、壯、青的年齡層為多。

居住地，陳霱文遠在美國，其餘則散居台灣各處。他們能以詩會友，雅集為樂，全賴網路無遠弗屆的傳播效力。

網路古典詩的時代來臨了，傳播工具的便利，當然有助於古典詩人的社群凝聚與互動，也就有助於古典詩漣漪性的影響效用。不過，詩最重要的還是在於內容品質的創造。

我讀過這些詩人的作品，都已相當成熟，未見生澀拗硬之病，甚至創意之篇不在少數，將來皆可成一家之言。觀察他們所經常擇取的體製，以近體七絕、七律為多；古體則較少。這其實是幾十年來，臺灣古典詩界一般的寫作現象。不過，若要成為大家，則古體作品也必須有可觀的質量。其中，卞思七古〈記遊黃山〉、楊維仁〈戎庵先生名片歌〉、吳俊男〈玉山歌〉、〈希臘左巴雅集〉，皆敘事、寫景井然而有變化，乃精熟於章法者；而氣騰聲暢，可為古風佳構。其中，壯齋尤擅古體，五古〈山居〉、七古〈過「台灣地理中心碑」懷想〉、七言歌行〈食不安〉，遺詞明暢，敘事從容，頗寓諷世之旨，皆古體之佳作。

至於題材，一般生活感思，乃人情之常，傳統習見，其中亦有新意者，足以醒人心眼。詠物、記遊、酬贈蔚為大宗，佳作頗多。楊維仁所選以酬贈詩為主，他對一般人視酬贈詩流於歌功頌德，甚至諂媚阿諛，甚不以為然，並選錄師友往來，真情實感之作，以示讀者。其實，中國古代社會，詩無所不在，根本是士人階層社會互動的特殊言語形式；故名家詩集中，「酬贈」之作往往其數大半；而好詩甚多，王、孟、李、杜、元、白、蘇、黃莫不皆然。所謂背離實用，為藝術而藝術的「純詩」，只是「五四」新知識分子反儒家傳統，並受西方形式主義美學影響之文化意識形態的投射。近些年來，我所建構的「中國詩用學」已破除這種謬見。詩之優劣，不以體類一概而論，全視個別作品是否真情實感又技法妙善而定。

古典詩發展到今日，後起者代有俊材，我並不擔憂此道斷絕。不過，其體雖舊，題材、旨意與形式儘可創新。最重要的原則是，必須表現「時代感」與「在地感」，不能習於格套。「時代感」就是詩人面對當代切實的生活經驗與社會觀察，從中緣事而發，例如陳靄文〈網路〉、楊維仁〈戎庵先生名片歌〉、吳身權〈網路間偶讀舊事〉、壯齋〈海角七號六首〉、〈寶可夢〉、〈食不安〉、張富鈞〈見新聞有驅蚊中藥包，試之香甚濃，著衣未散〉等，凡此皆時人時事，其題材實非古人夢想可得。「在地感」則是詩人以臺灣的地理處境經驗為題材，從中感物而動，例如鄭中中〈新竹小聚不預〉、吳身權〈信義鄉訪梅〉、吳俊男〈玉山歌〉、張富鈞〈澎湖雜詩〉、何維剛〈訪新寮瀑布〉等，凡此皆是臺灣在地經驗的書寫，古人神遊亦不能到也。

這是一個沒有「詩」的時代，然而「詩心」怎能讓它滅絕！大眾的「詩心」雖死，詩人卻必須以真情至性為人類的「初心」保持命脈；而堅定的相信詩與宗教、哲學同為人類照明黑暗心靈的三盞智慧之燈，斷不可任它熄滅。

丙申歲暮寫於花蓮

《網苑凝香》序

姚啟甲

隨著數位科技日新月異，網際網路更加無遠弗屆，人們利用網路的傳輸，突破了空間和時間的阻隔，增進了彼此的交流與聯繫。而一群愛好古典詩詞的同好，把握網路論壇蓬勃興起的潮流，在二〇〇二年創設「網路古典詩詞雅集」網站，從此為數眾多的詩友在網路上互相切磋、彼此鼓勵，開啟了古典詩詞璀璨的新頁。

「網路古典詩詞雅集」成立十五年來，主事的管理群組以網路作為溝通、聯繫、發表的媒介，這種利用論壇網站以詩會友的方式，超越自古以來詩人結社與集會的傳統，實是別開生面的創舉。但是「網路古典詩詞雅集」並不侷限在虛擬的雲端，也不是完全與外人間隔的世外桃源，在網際交流的同時，也曾多次舉辦雅聚、出版詩集、辦理徵詩比賽與「網雅詩獎」，不僅使得古典詩詞更加活潑而有彈性，而且也不失原本詩社與詩會的傳統意義。

我曾經數度參與「網路古典詩詞雅集」的聚會，也多次拜讀雅集詩友的大作，深深感到諸位網路詩友年紀雖輕，但詩作內容不但兼備古典詩詞的聲韻格律，而且寫作題材往往比一般詩社更加開闊，表現方式也常比傳統詩人更具創意，其中有許多值得我學習的優點，同時也是傳統詩壇可以參考的借鏡。

「網路古典詩詞雅集」曾經出版《網川漱玉》、《網雅吟懷》、《網雅吟選》、《網海拾粹》等四本詩集，現在為了慶祝創立十五週年，由陳靏文、鄭中中、卞思、楊維仁、小發、吳身權、吳俊男、壯齋、張富鈞、何維剛等十位曾任「版主」的詩友，共同出版《網苑凝香》詩詞合集，富鈞主編邀請我為這本詩集寫一篇序文。於公而言，「網路古典詩詞雅集」與「臺北市天籟吟社」對於推動古典詩詞文學，長期以來即有密切合作的關係；於私而言，參與《網苑凝香》詩詞合集的作者，泰半是我在詩壇上交遊多年的好友。因此責無旁貸，在「網路古典詩詞雅集」十五週年紀念集《網苑凝香》即將付梓之際，謹以此文表示敬意，同時也期望各位雅集詩友能繼續發揚詩學，讓更多的人士欣賞聲韻優美、意境高雅的傳統詩詞，進而引導社會大眾共同學習古典詩詞。

臺北市天籟吟社理事長　姚啟甲　敬序　丙申年小寒

編序

張富鈞

網路古典詩詞雅集成立至今已十五年了，想當初雅集成立時，許多版主、詩友尚是在學或初入社會之新鮮人，而今多已研究所畢業或成家立業，不禁令人驚訝於逝者如斯。

中國文學環境之變，近百年可謂變之大者；若就近百年之變而言，則無過於近十數年之大。無論是新舊文學之激盪、交融；或是載體從紙本到網路的變遷，都是開千年來未有之局。我等處於其中，有時既欣喜於時代之快速，亦不免焦慮於變遷之快速。就以網路而言，雅集成立於網路尚處於剛蓬勃發展之際，部落格、論壇是當時最方便的交流工具，大家於其間酬唱吟詠，尚保留一些古代文人結社的餘風；然近幾年來Facebook、Twitter的發展，又讓創作者與閱讀者的關係有了不一樣的關聯。或許在不久的將來，又會有新一波創作與閱讀的方式出現，且讓我等拭目以待。

在雅集成立五周年時，版主群們協議出版《網雅吟懷：

網路古典詩詞雅集五周年紀念詩集》、《網雅吟選：網路古典詩詞雅集徵詩活動精選集》二書，整理了雅集五周年來的活動之跡；十周年時又擴大對網路各界徵詩，出版《網海拾粹：網雅詩獎暨網路古典詩詞雅集十週年紀念集》。而今十五周年又豈可無詩以記之？故擬出版《網苑凝香：網路古典詩詞雅集十五週年紀念集》，本書除收錄雅集各版主之詩選外，亦收錄「網路古典詩詞雅集十五周年徵詩活動」入選作品。雖說大部分是收集各詩友網路之作，然集結成書，既算是一個文獻之整理，也可說是雅集這幾年來的鴻爪之痕，姑且留與他年作談笑之資吧！

二〇一六年冬記於板橋

網路古典詩詞雅集版主詩選

記取春光曾共染，過時花氣逆風尋。

靄文詩選

陳靄文

詩人簡歷

陳靄文，號「陳兄」，又號「陳公」、「老陳」等，粵人，全家因避赤禍遷居香港，十五歲時來美，至今已五十一年矣。一向以紐約市為家，滿口番文，畢業後在市政府機構做事，已退休多年，三餐尚能溫飽。因為遊手好閒，每被世事所煩惱，在街中偶爾搖頭嘆息，自言自語，被人撞見，誤作是個詩人，欲辯既無詞，遂作罷。

創作理念

詩者，乃個人之性情與精神也。

有感

付與吟哦念未銷，湖山空託夢千條。
人生遇合嗟何似，詩到明朝也寂寥。

春曉

漫將芳草報繁華，春色何曾比舊差？
細雨黃昏堪入畫，碧欄干外更憐花。

詠黃花

黃花晚烈鬥西風，睥綠睨紅恥候蟲。
記得氤氳香滿眼，一枝含笑對初衷。

慰友人

此身已慣亂花中，不管深紅換淺紅。
安得心閒如入定，長亭無柳便無風。

龍潭

水有靈兮不在深，乾坤欲挽盼龍吟。
身閑只是潭中影，昂首依然佈雨心。

聞蟬

月下聞知了，聽聲似客歌。
空山君與我，一曲夜來和。

退休

三十年應舒倦身，半生風雪舊衣巾。
難尋妙藥醫時病，聊對孤吟話夙因。
夢裏青春曾轉瞬，胸中棱角尚磨人。
詩成又覺豪情邁，再續餘篇句句新。

舒懷

百年聽盡虎豺聲，劫後家山路未平。
揮劍但能誅鬼魅，舉頭何用畏神明。
斜街餉酒非新客，窄巷呼朋只舊名。
七尺身軀容易放，卻因花落淚如傾。

風

四顧寒雲湧，蕭蕭墜木聲。
狂來穿破戶，疾去掠枯萍。
造物千鈞重，蒼生一羽輕。
飄零原不管，勁草自多情。

此夜

恐是情驅使，愁經此夜新。
風來枝有態，月去影無神。
客館多彈鋏，官衣只拂塵。
人間空百歲，幾度少年身？

無題

月上酒樓邊，無歌付管絃。
懷人當此夜，分手是何年。
別後肝腸換，愁來景物牽。
難忘經眼處，回首欲留連。

示友

只覺客程新，不知車馬頻。
半生東逝水，滿面北來塵。
久矣離鄉苦，依然入世真。
幾人傷白髮，笑我老精神。

與校友敘舊

一陣風吹過，衣塵與病容。
面紋生有日，鬢色去無踪。
萍水留何客，家園剩幾松？
巫山應路在，多半是雲封。

網路

欲知天下事，幕影與屏光。
可帖消愁句，能尋治苦方。
雖云新網路，終是舊名場。
老去增今學，依貓寫幾行。

台北會友

多情王粲滯他鄉，病翼能飛趁夕陽。
才見雲開心便曠，未題風起意先揚。
求詩為愛詩仙句，避酒因憐酒客腸。
別後容顏何所驗？燈前只我滿頭霜。

偶成

且喜春櫻吐艷枝，任他楊柳逗人悲。
身輕眼闊天皆澈，月淡煙清夢亦奇。
我是花風騎馬客，卿猶竹雨過橋姬。
眼前堪笑須當笑，近老方知此興疲。

自白（三首）

功夫不負少年身，腳力仍翻數尺塵。
家祭告翁無一事，老牛空吼有精神。

貂裘換酒擲千金，不作寒鴉隱暮林。
記取春光曾共染，過時花氣逆風尋。

豈是虛填面上紋，匹夫珍攝老腰筋。
頭顱休算毛多少，只問拋時有幾斤。

國史

國史原應直立題，豐碑雖貶未頭低。
最憐前代驅狐鼠，竊鄙時人事犬雞。
萬里秋風悲雁過，百年春夢恨鶯啼。
普天今日談辛亥，只我仍將短劍攜。

黃昏感懷

頻年說劍聽吹簫，不覺江山已換朝。
有筆煩君將事記，多情誤我向愁招。
頭顱自古因人賣，肺腑從今只自療。
落日詩腸同猛烈，兩腔紅熱一齊燒。

夜雨

一街絲雨盡愁聲，點滴敲窗動夜情。
縱使巫山雲未散，若無神女夢難成。
眉間劍氣收回久，面上霜紋掃去平。
坐感詩中人似我，相思應比字分明。

看母讀汪精衛雙照樓詩稿有感

到手江山一著差，碑文重認負黃花。
眼中春色隨年減，耳畔秋聲到曉加。
難慰寂寥珠有淚，何堪老大客無家。
悲歌射虜屠龍事，燕市誰人代細查。

【沁園春】金門橋下

風惡雲低，霧重舟橫，浪影倦鷗。念長江未飲，逝川不歇，旅囊幾許，何處勾留？過客情多，書生見短，只對風光撒亂愁。牢騷換，把男兒血性，怒海鯨游。

凝眸熱淚空流，黯獨立蒼茫人倚樓。是蘆花為雨，滄波當酒，敲窗心事，點滴悠悠。金門橋下，如今探首，一站人間沉與浮。平生意，任潮聲划破，不必回頭。

【謁金門】與友臨河飲遙望當年共事處

功名擲，逐電追雲天隔。遙憶京華風與宅，曾為筵上客。今日江山誰畫？幾個霜魂冰魄。鐵板將牢騷痛拍，任江湖倒瀉。

【滿庭芳】某夜

依柳吟來，捲簾春去，那堪落盡繁華。每年消息，燕子別人家。咫尺留芳不住，空倚遍、霜月籬笆。風吹散，零星恨葉，隨水去天涯。

偏差，無數夢，人生不遇，歲月徒加。問誰共溫存，軟語琵琶。如此蒼茫席地，拼一醉、嬌鬢橫斜。重來路，明年又是，顛倒舊梅花。

【摸魚兒】寄故人

寫繁華，覓香花陣，春風輸我詞筆。慣將山水同遊處，留取故人消息。時縱隔，訊依舊，匆匆卻是花顏色。少年遊歷。任醉裏疏狂，當時只恨，從不把愁瀉。

平生矣，四顧中流正急，江山偏少豪客。軟紅塵裏歌如舊，楚板誰來敲拍？頭已白，未辜負，男兒宵起猶磨墨。幾堆平仄。怕兩樣銷魂，笑談才氣，寫入等閒冊．

【應天長】秋楓

餘暉映砌霜林晚，樹接秋來丹兩岸。夕陽斜，平楚遠，新染紅妝枝漸散。暮蟲吟，長笛亂，穿入愁人心眼。似火流年燒遍，幾葉君休算。

【滿江紅】辛亥百年

黃鶴樓頭，說不盡、古今吳越。曾記得、百年前事，俠風英烈。燕匕秦椎齊赴死，喪鐘敗瓦同敲裂。不負是、身手好男兒，肝腸熱。

撫胸問，心似月。燈下望，頭如雪。嘆鄉關仍鎖，幾重城闕。天下為公興國事，四方是敵愚民結。願一朝、再起武昌旗，奸人咽。

中中詩選

莫把閒愁眉上掛，無心一皺便成秋。

鄭中中

詩人簡歷

鄭中中，服裝設計本業。
一輩子只做這件事，只會這件事！

創作理念

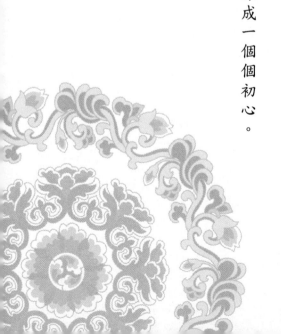

將心裡奔竄的靈思雕鏤成字，還原成一個個初心。
不生不滅，不垢不淨，不增不減。

有贈　賀樂齋詞長書法個展

習練真如細柳營，草行篆楷盡雄兵。
銀鉤就紙三分透，隱隱如雷殺伐聲。

冬寒

車燈裁夜破冬寒，細雨無聲浥曲欄。
坐久觀心禪不定，誰家古調就宵彈。

央園秋初

雲中誰遣雁歸來，花不解愁猶自開。
惟恐秋寒人未覺，兩三落葉上窗台。

央園，朋友卲央在常州的花園。

風雷一枕近清明

風雷一枕近清明，底事怒從深夜鳴。
世有翳雲吹不散，悲腔共吐不平聲。

茶酒　訪一善詞長

輕輕素裹淡無妝，隱隱欲飛霜雪香。
若得三杯就腸過，一身晴暖帶山陽。

觀棋亭

雲迴風拍絕囂塵，運子重天拋兩輪。
一局干卿竟何事？青山無語看棋人。

剪髮

相思苦似髮般長，一寸牽纏一寸霜。
今把青絲就刀剪，能餘幾許舊時光？

一種清閒

半月湖邊踏月行，聞君語軟似潮聲。
微涼天氣秋將半，一種清閒不解名。

出塞　贈子衡

沙黃酒烈舊時題，此去陽關西更西。
夢裡樓蘭今在否？涼風吹月草長低。

緣起

從來萍聚一杯茶，遠了青春各有家。
問起難忘舊時夢，都言過客在天涯。

贈樂齋

六月雲稀火炙空，感君百里贈搖風。
一揮能闢清涼境，午聽蟬歌夜聽蟲。

來去桐盧

層巒望盡翠連山，身隔囂塵百十彎。
歸計重來倚松坐，同斟月色一杯閒。

山居

心耽塵事且勞形，久別嵐烟共一庭。
若得并刀剪山色，補他新賦幾行青。

無題　其一

閒詩不忍寫零丁，花放花飛行已經。
只待淋漓數朝雨，蟬聲喚起一峰青。

無題　其二

一入春來雨不停，垂檐滴答說曾經。
欲忘難放些些事，翻作苔痕數點青。

無題　其三

夕陽倚處嶺如烘，霞色年年豈盡同。
極目且教愁一吐，更深好與聽梧桐。

無題　其四

貌似春回春不見，行遊興減帶寒歸。
閒時無意捲簾看，驚覺陽台花半飛。

無題　其五

不問東風承一諾，窗台立足便能開。
偶然幾滴胭脂淚，只是感時非自哀。

虎門春晚

風煙入眼絕埃塵，霞渡春江薦酒醇。
醉裡雲身同是客，今年不似去年人。

新竹小聚不預

道是風城夜未央，一杯飲盡一回狂。
遙知興在最高處，酒力呼風吹墨香。

歸心

綺窗梅信與時稀，陌上春風亂蝶衣。
得雨溪將奔嶺出，江湖猶在豈云歸。

歸去來兮

重雲獨放雨霏霏，夢外鵑城嘆久違。
杜宇春心無可改，航程只取故鄉飛。

聞鐘

山僧催撞千鈞杵，迴盪清音堪振聾。
醒我莊周蝴蝶夢，一時壘塊盡隨風。

征衣不寄

箋上才留雙蝶舞，一行雁過便成秋。
當時人與春同去，遺落叮嚀在陌頭。

客途

客歲艱難早入秋，風吹雲渡半天舟。
詩行盡植營營事，不下清閒一白鷗。

愛の素描　祝福天下的媽媽，母親節快樂

分明看似不年青，叫碰攔胡稱便靈。
去歲笑她霜滿鬢，今她笑我也星星。

牢

將繭作牢空自縛，思量一度一分長。
愁絲莫向春詞吐，相遇東風更斷腸。

獨坐倚嶙峋，寒花顧以顰，遺余三兩朵，好去勘前因。

枯花小集

卞思

詩人簡歷

李佩玲，網路筆名卞思，一九六二年生，從事編輯工作二十餘年，離開職場後自設書法教室，收三兩學子，優遊於翰墨之間。

二〇〇〇年開始於網路間從事古典詩詞寫作，最初只是因著一份好奇，作為一種消遣，沒想到匆匆十餘年，在師長的提攜、友朋的不棄之下，竟這麼塗抹不斷，乃至資深起來。

人是資深了，詩卻少有長進。由於長期秉持不認真寫作的態度，辜負了師長們的期望，尤其是指導、啟發我最多的張夢機老師，每思及此，總覺汗顏！

創作理念

這次因為「網路古典詩詞雅集」成立十五週年，老詩友們提議出版合集以資記念，我於是從近十年來的作品裡胡亂地摘了些，算是湊了個數兒。

我想，在這段繁繁瑣瑣、紛紛擾擾、癡癡纏纏的紅塵路上，詩，該是我生命裡難得綻放的清明花朵吧！因此以「拈花小集」名之。

丁亥中秋

婉轉情絲付筆端，三更寫就與誰看？
盡拋心力吟紅豆，要換幽人作小歡。
月有靈兮愁欲損，星無算矣散成殘。
請君記取今宵意，此去天階漸次寒。

2007/10/02

秋思之二

信是孟婆湯藥遲，此生未忘斷腸思。
塵間僕僕尋幽夢，石上怔怔認小詩。
似有情留浮水月，已無力續葬花詞。
唯將半盞胭脂淚，遙向天涯一酹之。

2007/10/17

拉拉山記遊

一隈霧白一隈青，取次名山俱有形。
隨處亭台雲正起，漫蹊桃李夢曾經。
跫音絕去離塵意，斗柄賒來注我瓶。
二十四株神木下，古今誰共數天星？

2009/07/09

悼夜風樓主

網上文章燦若霞，從知君是舊鄰家。
詩承千載豪情作，酒為平生快意賒。
倔骨何曾甘老病，俠襟自負勝清華。
忽聞惡耗驚如夢，不信音容更一涯！

2010/04/21

哭夢機師

縱隨驥尾拜名師，畢竟堂高學已遲。
況我生頑多憊懶，累公撐病輒攜持。
語溫每託雙魚得，律細嘗從一字知。
逐展舊緘爭肯信？再無人囑勉於詩！

2010/09/7

蚌母

百年滄海慣無情，淡看風潮送往迎。
世罟爭羅波上月，龍船猶搏浪間鯨。
一朝名總逐時盡，幾縷痕因刻骨成。
懷抱明珠須淚洗，何人歌至夜叉驚？

2011/08/13

步韻大春兄無題詩

癡頑性子本無醫，況被凡塵誤所思。
路失靈山風雨後，夢猶春水杏桃期。
依稀舊事一些悟，或許當年曾有誰。
可歎如今心老矣！眉間認得幾行詩？

2012/06/29

寫蒹葭贈故友忽有所感

蒲團安就寫蒹葭，我與伊人各一涯。
眉眼方成煙水契，青春忽作雪霜華。
多情夢裡能餘幾？瘦骨梅邊或有些。
已悟雙全無可得，傾城別處是僧家。

2013/02/03

聆歌有感

人間若合幾行詩，我是詩中寂寞詞。
例與孤光同冷淡，惟將瘦骨自矜持。
桃花舊夢偶然有，石陌跫音無可知。
大愛而今何足道？憑風淺淺刻相思。

2013/04/03

忘機

逝者如斯不捨哉，紅顏玄鬢轉塵埃。
騎鯨狂士終歸海，詠絮冰心空負才。
莫問人間何所樂，徒教濠上等閒猜。
江鷗止我身邊石，同看潮沙去復來。

2015/06/04

讀經

誰將煙雨入青瞳？霜鬢無端又幾叢。
已廢悲歡來處問，絕知恩怨去時同。
百年身縛塵緣裡，一念聲銷貝葉中。
安得他生倚禪榻，好看涼月渡虛空。

2015/11/12

和大春兄《畫花》詩

是誰妙筆寫天真？沒骨妝成出洛神。
傍水一揮痕欲淡，臨風百折墨猶新。
憐將香散逐塵跡，拚不心灰補畫春。
夢裡丹青夢外我，可能輾轉作前身？

2016/08/01

答問

莫問深情否，情深又奈何？
昔人驚蟻夢，今我悟塵痾。
原是三生欠，才成一世磋。
荼蘼花事了，不記淚痕多。

2008/07/14

欲寄

欲寄探春詩，詩成花已果。
知君無礙行，諒我多愁裹。
水月執為真，山靈追作夥。
相邀論野禪，笑更癡情鎖。

2010/10/17

梅子

一只凝酸透齒牙，初心本作傲寒花。
劫餘莫問青春色，是味甘之好佐茶。

2007/04/11

看殘荷

愁起波間到鬢尖，荷衣殘破舞腰纖。
不堪銀露多搖落，壺裡冰心為一添。

2007/09/22

玉鐲

愛彼煙波翠葉寒，與山商借一清湍。
山應憐我癡頑甚，許以腕間分綠看。

2007/12/21

蟬

聲聲知了在枝頭，知甚了啥言不周。
道是無心饒舌客，偏生叫破許多愁。

2008/07/22

西湖偶記

湖上煙波柳下橋，玉人秋水兩相嬌。
問曾多少癡情淚，付此流光作一瓢？

2008/10/25

歲末無詩戲作

歲末如何未有詩？且撓青鬢且尋思。
便將花月都詢遍，不敢商量那個誰。

2010/01/12

黃昏過蘇小小墓

蘇堤綠柳岳王墳，名士英雄抗禮分。
誰更夭斜似小小，湖光一翦作紅裙。

2011/10/22

寄君

才自前些作小寒，忽聞深雪滿雲端。
寄言嶺上依然否？信有梅花淡可看。

2011/02/14

寄君

空山微雨幾行詩，我傍春風斷續之。
吟盡九州花月夜，卻無一處寄相思！

2012/06/19

小坐

小坐人間一望舒，春看綠萼夏紅蕖。
待同秋色商量了，要溯天河問太初。
2013/04/27

遇貓

顧我微微作一喵，似曾相識在何朝？
老來緣會經常是：忘了當前記得遙。
2013/12/11

看花

廉纖春雨濕山花，開落無聲到水涯。
願我雙瞳一若水，得如實映爾風華。
2014/03/09

偶得　步長臺兄韻

閒傍山溪信手伸，仔魚爭啄指尖塵。
滌纓滌足何須別，大化從來不擇人。

2015/03/15

清晨

寺鐘清響澈山門，白鳥翻翎趁曉暾。
抖落人間一夜夢，凌空沒入水雲根。

2015/07/30

書房

窗向山隈補寸清，詩書几上亂縱橫。
小齋專供無聊事，自遣何妨太瘦生。

2015/08/13

【八聲甘州】答天涯海客

算紅塵輾轉幾回參，不過小悲歡。看林花謝了，杜鵑啼罷，終到霜寒。岸柳妖嬈誰記？燕影早云刪。惟有簷前雨，為說瀟殘。

逝矣此生一瞬，縱長繩拘日，未便依然。況曾經蒼海，衣上淚痕斑。故深知、多情成錯，問幾人、無負舊嬋娟？如今我、閉門披髮，心止眉寬。

2007/02/5

【蝶戀花】憶西湖兼問舊友

湖上輕舟堤上柳，唯憶當年，載筆江南走。攬月縱無蘇子酒，臨風頗愛煙波友。

近日聞君曾到久，借問孤山，靈氣依然否？若得一朝霜雪後，可能看取梅花瘦？

2013/0506

記遊黃山

許是夢魂舊遊處，峰峰巘巘似曾經。
雲成濤奔足下過，松掛壁向眸前青。
移步回首景已換，晴中雨中俱渺冥。
若有人兮在深谷，一嘯縱聲迴天聽。

始信人間舊圖畫，非唯寫意亦寫形。
萬年巨石千年樹，天外飛來半空駐。
鰲魚背上蓮花指，認得當時成仙路。
凌空棧道浮雲階，階階舉我到天渡。
天門得渡需有悟，如何塵心未安素！
一念癡絕步維艱，一嗔一怨下千山。
可憐眼中人是我，徒負靈山縹緲間！

2013/12/11

對酒欣濡風雅趣，談詩細嚼古今愁。

抱樸樓詩稿

楊維仁

詩人簡歷

楊維仁，一九六六年出生於宜蘭，現任古亭國中教師。公餘之暇擔任網路古典詩詞雅集版主、天籟吟社常務理事。著有《抱樸樓吟草》與詩友合集《網川漱玉》、《網雅吟懷》，主編《天籟新聲》、《網雅吟選》、《天籟吟社九十週年紀念集》、《捲籟軒師友集》、《捲籟軒黃笑園詩集》，製作《大雅天籟：莫月娥古典詩吟唱專輯》、《天籟元音：天籟吟社先賢吟唱專輯》、《天籟吟風：葉世榮古典詩詞吟唱專輯》。曾獲台北文學獎、蘭陽文學獎、玉山文學獎、教育部文藝創作獎、乾坤詩獎等。

創作理念

本輯選錄抱樸樓二〇〇七到二〇一六詩作四十五首，內容多屬十年間人際往來的作品。有人認為「應酬詩」流於歌功頌德，甚至諂媚阿諛，缺乏實際情感，但是我並不願意這麼設想。此次選擇這些人際往來的詩作，記錄維仁與師長、詩友、同學、同事、學生、親人的相處，用以連繫彼此的情誼，抒發自己的情感，或者記錄往來的特殊事件，甚至有些作品只是藉題發揮，用以表達自己對人生或文學的體悟而已，並非浮泛應酬的文字遊戲。至於抱樸樓詩稿中另有師大附中校友相關作品不在少數，擬另獨立成集呈現，故未收錄於此。

戎庵先生名片歌

簡樸無華一名刺，片紙寥寥僅七字。
上署職銜中署名，餘事闕如未揭示。
昔年秉筆在鑾坡，立身敬謹無偏阿。
但憑公務答酬對，名片所載何須多？
總統府參議羅尚，七字錚錚極快暢。
大夫自古無私交，聯絡通訊乃棄忘。
健筆凌雲一代崇，開張天骨猶人龍。
氣格文采兩豪壯，別有名片存高風。
（2011）

秋夜懷戎庵先生

燈下茫然撫舊書，追懷教澤意淒如。
商秋氣候悲搖落，猶記春風拂面初。
（2007）

過太原路懷張國裕老師

街肆浮華不染身，獨標高格出囂塵。
商場多士尊前輩，藝苑群星拱北辰。
風雅傳承深歲月，瓊瑤雕鏤煥精神。
重經教誨霑濡處，緬憶音容百感臻。

注：張國裕老師曾任中華民國傳統詩學會理事長，並掌理北辰企業，企業辦公室位於台北後車站商圈。

（2016）

輯成國裕先生遺集感賦　追疊一九九五年呈稿原韻

奉獻騷壇六十年，畢生行誼見遺篇。
憑將志業徵詩史，一世清吟百世綿。

（2011）

哭夢機師　三首

問字山樓際會殊，一車歡忭向郊途。
安康路轉玫瑰路，雀躍衷懷此後無。

隨宜娓娓述斯文，咳唾珠璣座上分。
圓桌高談賸追憶，更從何處挹清芬。

戎公歸後夢公歸，並世詞華恨式微。
新店煙嵐碧潭水，再無椽筆寫清輝。

注：
一、夢機老師藥樓位於新店玫瑰路，維仁時常陪同詩友驅車拜謁。
二、戎庵先生、夢機先生詩壇兩大巨擘，三年間先後謝世。

（2010）

敬悼夜風樓主國樑詞丈

十年虛網繫真心，雅誼回思悵不禁。
暗夜乘風人去後，陽關一曲倩誰吟？

注：樓主每於詩友聚會吟唱陽關三疊曲。

（2010）

夜來整理所藏舊酒，汰棄甚多，忽憶昔年吟友詩酒聯歡之事，悵然有作

樽前唱詠意難忘，雅客曾同醉羽觴。
窮巷頻年隔深轍，可憐醇酒枉收藏。

（2012）

南都夜飲

快意南都載筆行，樽前裁句暢吟情。
昏燈且伴徐徐飲，老我難能鬥酒兵。

注：十二月七日戲作於台南「娛樂品酒」，同行者吳身權、吳宜鴻、詹培凱、曾耀霆。

（2013）

贈克修兄　聞說近日蒔花養性

陽春一曲憶曾經，雅士清吟久未聆。
卻問勞勞緣底事，原來襟袖滿芳馨。
（2008）

重讀凌蓮女史二〇〇二年曇花絕句敬步瑤韻

素手曾攜綺思來，清姿映月淨無埃。
輕揮夢筆如仙杖，花韻詩情一點開。
（2011）

敬題家麒兄詩書首展

揮毫若舞龍泉劍，裁句如開鳳苑花。
百鍊鋒芒才小試，一時黌宇滿光華。
（2015）

偶經子衡舊居有感

舊路重經憶舊遊，街燈照影總溫柔。
已無高唱迴深巷，曾有清歡漫小樓。
對酒欣濡風雅趣，談詩細嚼古今愁。
曲終筵散餘馨在，記得歸時月一鉤。

注：子衡昔居中和，每招諸友詩酒聯歡於此。

（2007）

新竹雅集喜會子衡、正發，兼寄無非、一善、柏伸

故人雖忝契情敦，雅會群朋笑語溫。
竹社攤箋憑遣興，風城把盞任銷魂。
相憐綠鬢沾霜色，自笑青衫漬酒痕。
世事幾多雲狗變，詩緣十載細留存。

（2012）

戲贈擁南詞兄

夜來揮筆灑流光，興到酣時物我忘。
寄語更深宜穩睡，莫教清趣擾紅妝。
（2012）

捷運站外偶遇健昌，問渠安往，笑謂學書去

滾滾囂塵疊萬重，雅人安步自從容。
京華載筆濡清興，要向雲箋試淡濃。
（2012）

歐陽開代社長邀宴席上飲陳年威士忌酒有感

澄凝琥珀一罎醇，密貯流光卅二春。
記得韶華初釀就，驀然書劍老紅塵。
（2013）

都會遊俠　恒銓兄慣以單車代步，優遊都會，氣壯如俠

萬丈虛華不著身，從容一騎過紅塵。
漫天聲色無羈礙，踏實前行意最真。
（2007）

餽獻醇酒戲賀錦江陞遷

更上層峰譽望尊，雋才舒展在黌門。
莫愁高處寒難禦，取暖堪憑酒一樽。
（2008）

偶題詩憶老師種玫瑰

樹人餘暇亦栽花，養得新苞映嫩芽。
五色鮮妍依次放，欣教斗室駐流霞。
（2009）

庚寅初春訪俊義宅，主人留客未得，有詩戲答之

休嫌客去迅如飛，乘興而來盡興歸。
且趁天光猶未老，回程一路賞春菲。

注：勝華、嘉明同訪。

（2010）

雅美小築淺酌

小集妝樓偶奉陪，一時清興滿瓊杯。
酣餘留得三分醒，漫踏茫茫夜色回。

注：庚寅端午後三日，雅娟、美螢招飲，奉陪政達、恒銓、佩蓉、盈萱、昱嘉等同事與會。

（2010）

敏慧老師偶發雷霆之怒

一怒動雷霆，諸生戰慄聽。
隔牆聲灌耳，我亦面容青。

（2011）

聽勝華唱〈向前行〉

激揚一曲向前行，鄉思翻騰未肯平。
聲韻何曾珠玉潤，直傾胸臆自多情。
（2011）

嘉明慶生席上

紅袖謳存吟妙韻，青衫繾綣唱深情。
歡欣滿溢笙歌沸，嘉客如星拱月明。
（2012）

聽美螢唱〈站在高崗上〉

飄然獨立在高崗，俯瞰凡塵半渺茫。
一曲乘風迴萬壑，出群豪氣屬紅妝。
（2012）

久別重逢為賦二絕奉贈諸友

一別黌門二十春，青衿意氣老紅塵。
狂歌痛飲餘殘夢，記得當時韻味真。

中年心緒感紛紜，人海浮沉每憶君。
彷彿青春才昨日，眼前兒輩忽成群。

注：喜會明宗、弘豈、金輝、志宏、妮妮於台北地中海餐廳。二十春，舉其成數而已，大學畢業實則十九年。

（2009）

舊誼六首　選一

紅塵走馬各駸駸，往事堪從底處尋？
此夜同蒐舊時夢，裁縫碎影憶青衿。

注：二〇〇九年七月，大學舊友攜眷聚會於南投晶園渡假村，感賦六首。

（2009）

答成皓賢棣連年教師節探望

俗塵功利鬧紛紛，重道尊師鮮有聞。
難得連年存禮敬，憑君濁世感清芬。
（2011）

答心玥女弟教師節摺紙為星見贈

遙懸銀漢幾多星，素手摘來儲玉瓶。
熠熠清輝盈座右，涼秋為送小溫馨。
（2011）

重逢　十月卅日出席曉美文定嘉禮，喜晤欣蘭秋里，感而賦此，以寄三姝

我昔青年汝少年，流光如電倏推遷。
物情多變人情改，猶抱餘馨溯舊緣。
（2011）

珮綺自法國旅遊歸來，以香茗見贈，感而賦此

萬里攜歸異域春，笑分佳氣潤師門。
連天雨濕兼風冷，一縷茶煙意倍溫。
（2012）

偶讀張九齡感遇詩，率成短句以贈葉本心同學

葉涵朝露婉而柔，花潤春光香未膩。
草木原來有本心，誰人會此欣欣意？
（2012）

注：張九齡感遇詩有「草木有本心，何求美人折」之句。

偕九年四班學生福隆海濱自行車之遊

向海迎山眼界寬，臨風一似跨征鞍。
諸生莫逞輪飛速，大塊文章且細看。
（2012）

重逢前鴻淵源振堯　三首選二

英年猛奮歸君有，往日威揚恨我無。
場上並肩渾似夢，醇醇舊誼未曾殊。

初試吟聲憶昔前，疊堆平仄入詩箋。
諸生舊句紛零散，我又塗鴉十六年。

注：林前鴻、張淵源、彭振堯一九九六年起受業於余兩載，而未得晤面已十餘年矣。八月七日重聚古亭國中球場，感慨無已，因成絕句三首紀之。三子昔曾從余習作七言絕句，舊稿今已無存。

（2013）

培凱春山雨中賞櫻絕句榮膺白沙文學獎首獎次韻勉之

攜囊載筆訪櫻紅，獨步無妨料峭風。
雨裡尋芳須著意，詩情總在晦明中。

（2014）

汘瑹于杏雙獲新北市文學獎，為作絕句二首勉之　選一

獎飾原來錦上花，偶然占得亦堪誇。
吾詩自詠真情性，莫逞浮辭妄譟譁。（2015）

觀畫——范家嘉〈整形世代〉

易容改貌奪天工，競逐嬌妍粉飾中。
歲久漸忘真面目，夢迴誰復記初衷。（2015）

觀畫——趙婉芸〈舊憶〉

苔痕淡淡抹階除，斑駁鄰牆粉未敷。
多少情懷與顏色，都隨舊夢漸蕭疏。（2015）

基隆二沙灣砲台感賦

奇勢居天險，雄關扼海門。遙收波浪闊，俯瞰舳艫繁。
港埠燦新象，干戈餘舊痕。百年人事改，壯氣尚留存。
（2008）

（附錄）遠眺基隆港　楊詠淳

碧海藍天風浪狂，群舟點點向汪洋。
今朝別過基隆港，世界東西南北航。
維仁案：小女詠淳時年十二，未嘗作詩，七月十四日同遊基隆二沙灣砲台，亦作七絕一首，附錄於此。
（2008）

牽手　結婚十八週年感賦

華髮新隨歲月添，衷情如舊總無嫌。
昨宵牽手過街肆，心底依然泛蜜甜。
（2013）

心如是，詩如是。

如是集

小發

詩人簡歷

李正發，筆名小發。一九七一年出生於雲林，南華大學文學系碩士，網路古典詩詞雅集創始版主之一，曾獲台北文學獎古典詩組評審獎。

創作理念

詩為心聲，一字一句無非傳達作者心中所思，故清詩人張問陶詩云：「詩中無我不如刪。」唐詩冠絕千古，而宋元以降乃至今日，於詩一道仍勵行不輟，何也？古人有古人之情之心，今人有今人之情之心；情或有雷同，而詩心各異，此亦文學創作之通論。

予於詩藝未臻善巧而好吟詠，亦紓發心緒聊以自娛耳！但求不違本心，故云：「心如是，詩如是。」自勉之！

枕上作

柳絮輕如許，春風漫剪裁。
裁成千萬縷，散去復飛來。

憶先君

別後十餘年，阿爹可安好？
邇來夢漸稀，兒今亦轉老。

問月

問月幾多歲，曾經億萬春。
從今羞對望，恐識我前身。

偶成

高中同學於臉書邀集成社，念歲月迢遞，人事各殊，感而成句。

其一

青春舊夢莫沉吟，畢竟韶華不復臨。
鍾鼎山林各珍重，同窗未必是知音。

其二

二十六年音訊遲，行行去去豈相知。
人生若有重逢日，不定今時與彼時。

甲午新春試筆

立春時節雨濛濛，楊柳青青花落紅。
縱使一絲千萬結，不知挽得幾東風。

讀集句詩後作

其一

能為集句有何功，詩境人人各不同。
便學牧童哼一曲，也應強似背書翁。

其二

如斯妙句巧相逢，李杜應歎造化工。
喜得天衣似親製，排開各有主人翁。

夏至

自從新綠轉萋萋，放眼平蕪草欲迷。
蒲扇輕搖北窗下，荷香漫送午亭西。

遣懷

人生無計算，榮景欲何期。
審勢隨流變，安身許世遺。
花開終結子，樹長即分枝。
感此尋常理，我心猶苦悲。

秋涼

一夜瀟瀟雨，炎威漸可馴。
蟬聲轉淒切，蝶影亦逡巡。
頓覺飄零葉，都成不繫身。
西風休太急，尚有未歸人。

乙未除日整理舊籍分寄詹楊二君詩以誌之

聽靈愛培凱，淳樸屬楊君。（借韻）
得友意何樂，忘年情亦真。
詩吟會心事，書贈有緣人。
學海無涯際，前行只在勤。

永和夜飲

邀飲情難卻，今宵會永安。
串燒堪果腹，清酒豈為歡。
但喜詩朋聚，何辭玉盞乾。
興闌復吟詠，醉眼笑相看。

偶成寄子衡

不意浮雲似，都成未繫身。
閑花猶自豔，芳草豈無春。
雀目昏已極，詩心窮愈真。
聊斟茶一盞，遙敬故鄉人。

偕詩友重訪一善兄

不道炎威劇，龍潭有大池。
屋涼人善故，情盛茗香知。
重訪三年後，一如初見時。
感君真摯語，臨別笑相期。

偶成一律寄摯友杜君

庭花謝盡葉輕垂，何似此身如暮遲。
半世情懷問誰解，廿年心事只君知。
浮生若夢真無賴，點石成金信有時。
往昔偶興雲水歎，而今到處任安之。

偶感風寒有作兼示雅集諸友

中歲漸孱宜自珍，偶罹小疾亦纏身。
我非示病維摩詰，誰效解酲劉伯倫。
甘受生涯苦猶樂，半醺世態幻成真。
市燈冷淡如秋月，一夜無聲照路塵。

春雨

記纔吟罷去年春，不盡春霏又惱人。
永夜敲窗夢皆碎，無私潤物綠難均。
牆斑許是苔痕疊，心老翻憐草色新。
試問滴階簷下雨，能否為我息喧塵。

秋興
其一

霞色蒼茫眼不明，長空隱約片雲生。
何期秋早偏多雨，怯看風來又一程。
恰似絮求根蒂處，爭知身寄杜鵑城。
蕭條世道嗟何益，狂士安能作苦鳴。

其二

作客經年寓上京，人間容易又天明。
力興經濟真無感，鞋擲官員各有聲。
羸月孱星少顏色，室花庭草尚繁榮。
窮愁未至孟東野，敢賦新詩鳴不平。

其三

零落殘荷亂淺塘，籬邊漸有菊花香。
真消壘塊非觥爵，能折身腰是稻粱。
舉世皆求孫伯樂，遺愁且入黑甜鄉。
短窗暫閉塵囂絕，難隔人間名利場。

重客鵰城漫興八首

其一

向北行程車馬催，心期春暖久寒開。
中年作客原無奈，此日因人亦可哀。
早識鵰城居不易，重遊舊地興難裁。
風聲入耳如相訊，何故前辭今復來。

其二

高樓寓目雨初飄，南港松山一水遙。
慈祐宮前錫口驛，基隆河上彩虹橋。
無邊逸興隨年逝，似幻街燈對客招。
檢點人生千百態，微涼心境坐長宵。

其三

我本常鱗甘守泥，敢言壯志與天齊。
才疏未免詞多複，目短何妨路欲迷。
事到無稽鬼堪信，勢成殘局子難提。
明朝雨霽高樓下，錫口碼頭看彩霓。

其四

如盆地勢燠難消，炎浪灼空山亦焦。
避日人思尋綠蔭，清心夢漸賴空調。
新聞偶誌家鄉事，時樂偏彈鄭衛謠。
旦夕風雲誰料得，北台一夜起狂飆。

其五

鵰城秋訊孰先知，但見窗臺日影移。
家國事繁聽已厭，綢繆計拙勢難支。
書堆滿室堪為枕，悶遣無方幸有詩。
一紙紅箋忽傳北，長兄昨日獲麟兒。

其六

暑氣漸消涼氣生，招遊即向草山行。
亂風不定吹晨雨，殘蕊尚妍爭晚晴。
嵐色遮迷王粲眼，松濤聽似子規聲。
寒蟬樹杪傳餘響，應是今年最後鳴。

其七

萍蓬根蒂許漂流，安得功名效馬周。
惟恐浮雲遮望眼，不登北市最高樓。
客窗聽厭三更雨，玉露催涼一夜秋。
縱使孤寒猶自勉，人間孰是李崖州。

其八

鵾城重客欲經年，生事維艱亦愀然。
偶向神明求指引，漫行堤岸看雲煙。
鳥棲高樹遠丸彈，人立虹橋臨市廛。
擬學坡公遊赤壁，渡頭此日未停船。

聞柏伸羈於職務心有所感賦寄

絕壑何能萬樹翹，韶華本似去來潮。
秋風不待紛飛葉，驟雨安知零落宵。
雲淡海天成一色，心寬人我自無囂。
世情翻覆應難盡，且學老松看日驕。

【踏莎行】寄雅集諸友

驟雨平塵，夜風醒酒。人生喜得知音友。
樽前囈語可言傷，無須假面揮長袖。
安笑他無，本非我有。辦香猶禱人長久。
且將三願祝諸君，相期莫待相思後。

解語無人惟酒盞，經宵有夢是詩心。

子衡吟草

吳身權

詩人簡歷

吳身權，筆名子衡，一九七四年出生臺灣雲林，成長於台中、就業於台北，二〇〇七年移居新竹，目前任職新竹市警察局。

創作理念

寫古典詩十幾年，事物的歌詠宣洩了情緒，朋友的唱酬紀錄了生活，詩就像酒，醉我娛我，只希望這個興趣能一直延續在我生命中。

夜寄

半啟窗櫺淡冷天，敲詩對月不成眠。
春心許共殘梅謝，舊夢猶如亂絮顛。
枉託鱗鴻捎網域，暗添愁緒酌燈前。
驀然回首荒唐處，已擲人生四十年。

登自宅大樓頂有賦

閒來為恐覓春遲，子夜登樓強訪之。
幾陣零風撩袖冷，一鉤殘月照人癡。
摒除詩酒原非我，枉費情愁不解伊。
望眼千家燈火裡，醉中誰箇懂相思。

登獅頭山

拋卻紅塵試一遊，清風拂翠夏如秋。
環山石聳奇巖峻，傍谷林添古剎悠。
虔禮佛天臨佛地，漫登獅尾到獅頭。
蟬鳴鳥韻皆天籟，此日陶然共忘憂。

中秋訪小發

訪君車向水之湄，湖海流風次第吹。
鄉誼論談皆舊識，故情酬詠早深知。
烹茶細品烏魚子，擲餌欣遊龍膽池。
羨爾歸田蠲俗慮，別時心緒已如癡。

夜有夢

夢中誰引舊愁生，長夜魂縈忘幾更。
寐囈幽心方止息，塵封往事竟鮮明。
多年蕭索已無淚，一夕淒迷還有情。
獨佇廊前悲寂寞，春風不復解朝酲。

盆菊

疏條冷翠護葩霜，玉質高標入畫堂。
不共籬衰移傲骨，豈因盆窄減清香。
枝承白露三秋晚，簇向西風一季涼。
幸有蟾光惜君子，清姿搖影上迴牆。

維仁兄攜酒訪寒舍有記

有客寒宵攜酒來，不辭風雨意悠哉。
交遊十載情猶摯，縱飲千觴句始裁。
夢付癡言難細數，心隨舊曲共低徊。
迎曦莫笑誰先醉，已詠春晴勇奪魁。

和發哥

本已無才可賦詩，卻吟盆菊叩東籬。
非關夜底杯頻進，為惜年來友漸稀。
聚飲懷君方造次，罰詩成句愈珍奇。
真心乞恕今朝錯，他日花前共醉之。

丁亥年雅集聚會

相期雅聚故情多，晌午初逢意若何。
壁掛新詩皆錦句，座鄰才俊並仙娥。
高吟舞罷猶聆曲，擊劍醺來也賦歌。
踏月歸時懷此日，邀君彼處共星河。

網路間偶讀舊事

前塵悄逝本如煙，舊事無端又擾眠。
鹿港街迴曾印爪，意樓窗隱復棲蟬。
惜春霜愈催華髮，漸老人翻記少年。
別後悲歡難細數，寸心多半入吟箋。

遊鹿港文武廟

細砌重修築自然，古牆紅瓦早經年。
院開華殿祠文武，客秉丹心謁聖賢。
虎井難浮昔年水，泮池何激舊時煙。
飾平斑剝痕還在，無限幽情正蔓延。

答小發

昏沉數日意難醒，擬句謳歌忍獨聽。
夜底懷愁真落寞，病中渴酒倍孤伶。
訴情無處情方盡，拋淚多由淚莫停。
已葬春心質還潔，且隨香瓣共凋零。

答小發

如解真心氣自平，識君誠篤不須驚。
長嗟獨飲皆無興，久別相逢更有情。
莫秉煢燈憐月缺，當懷磊志俟河清。
曠才猶媿高風節，青史終將記一名。

偶遇失聯廿年的高中時期朋友

廿載韶華轉眼過，閒愁檢點記誰多。
千言敘罷情猶切，一夢縈來志已磨。
興起欲吟將進酒，詩酬不忘未央歌。
中年本合沾泥絮，詎動漣漪復起波。

讀維仁兄「哭夢機師 三首」有感以賦

依依欲訴本難詞，敬仰先生百世師。
忽記當年濡雅處，何堪此夕讀君詩。
雨零思緒盈胸次，淚點傷懷落酒巵。
悽惻直須尋一醉，舉觴無語佇多時。

足娟姐芳辰夜飲有記

芳辰齊賀樂無邊，旨酒飄香共綺筵。
我輩謳歌需放誕，良宵縱飲已忘年。
不緣狂盞澆心醉，半是多情惹淚漣。
此夜留君一分醒，他朝再敬眾嬋娟。

臺中文華高中校友會創立有懷

星離廿載故情深，契闊思將舊雨尋。
創會劬勞同砥礪，兆基弘遠互規箴。
笑談未忘青春事，戲語猶存赤子心。
不輟初衷是吾輩，清狂還唱昔年吟。

觀駱文博舞琵琶語

四絃挑攏韻初揚，曼妙凌波袂帶香。
蓮步忽飄凝睇眄，蛾眉乍蹙斷肝腸。
低憐商婦離人淚，旋舞靈妃素女裳。
曲罷情癡魂亦渺，還疑夢入古潯陽。

丁亥生辰感懷

凡心未敢志躬耕，遊宦喬遷入塹城。
多負替愁紅燭淚，難悛嗜飲酒徒名。
時懷舊夢情難止，偶賦新詩恨不平。
卅四風霜如逝水，前塵都在醉中萌。

戊子生辰有懷

徒增馬齒一年過，案牘頻添倍折磨。
夢擾無非傷處滿，夜深猶是醉時多。
痛思前業希消罪，好淨塵心不起波。
此夕吟哦莫沾淚，挑燈酌酒對星河。

己丑年生辰有懷

荏苒時光又一年，微軀醺看物華遷。
暫憑詩遁拋名利，欲寄觴飛飲石泉。
舊契相交需載酒，塵心早卻好歸田。
吟成未敢添杯慶，猶念蒼生暗禱天。

庚寅生辰有懷

莫愁霜鬢染青絲，已逝韶華不復追。
豈願隨波浮宦海，但能憑酒鑄新詞。
賡酬老友情無限，醉酹中宵月一規。
惜有塵寰生死別，銜杯吟罷意還悲。

辛卯秋有懷

飛逝青春不復尋，年年此夕費長吟。
南登海角狂濤嶼，東入峰腰碧水潯。
解語無人惟酒盞，經宵有夢是詩心。
雨風撩我知秋意，冷與螢屏獨對斟。

讀「抱樸樓」戲贈維仁

高吟抱樸篇，舊事宛如前。
偶現爭球勇，時誇窖酒全。
邀杯每稱病，和句總拖年。
只待相期日，同君一醉顛。

戒酒

銜杯十餘載，忽覺太荒唐。
寂寂孤燈冷，悠悠子夜長。
空云憐愛恨，枉自斷肝腸。
且醉今宵後，明朝絕酒觴。

病中吟

無言進酒觴，帶雨醉秋涼。
一夜悲催病，千聲咳斷腸。
浮生應有夢，世事本無常。
生死悠悠別，還思舊意長。

悼夜風樓主國樑詞丈

憶昔共初衷，知交詩酒中。
神傷嗟有盡，夢斷恨無窮。
鏤句懷高誼，銜杯酹夜風。
陽關餘韻在，一曲黯然終。

敬弔張國裕社長

匡世勵儒深，文衡眾仰欽。
高風澤天籟，勁筆寫胸襟。
雅契聯三社，忘年秉一心。
春江花月夜，不復共長吟。

醉歸書齋復飲

扶歸詩興長，冷雨意瀟湘。
倚案心初靜，臨屏夜未央。
燭光搖醉影，酒氣雜書香。
更寫相思句，斟吟復十觴。

信義鄉訪梅

夢底縈迴久，今朝始得尋。
朔風真解意，冰蕊是知音。
豈傲嶙峋骨，猶懷狷潔心。
嵐煙凝遠岫，縹緲共清吟。

飲酒歌

浮生本短莫蹉跎，得意醺來復縱歌。
我是劉伶真病酒，還須再飲治沉痾。

新竹小聚

許是情癡勝酒香，年來獨飲醉柔腸。
俗塵今得緣君掃，清夜樽前樂未央。

賦「新光之遊」，得新字

足濯清波已絕塵，鬱林經雨氣翻新。
更登雲起山深處，始信桃源可避秦。

白雲齋詩稿

我非大器思猶壯，欲借經書平巨瀾。

吳俊男

詩人簡歷

吳俊男，字子彥，筆名風雲，別號白雲齋主，民國六十六年生，高雄人，大學畢業於新竹師院初等教育學系，碩士班畢業於淡江大學中文所，喜好古典詩詞創作、書法、古琴、太極拳、中醫、國畫、吉他彈唱等，古典詩曾獲教育部文藝創作獎教師組首獎、台北文學獎首獎、南投縣玉山文學獎首獎、台北市花博詩王爭霸賽社會組首獎等獎項。著有學術論文《唐詩鳳意象研究》一書，與詩友合著有《網川漱玉》與《網雅吟懷》兩本古典詩集，部分作品收錄於《網雅吟選》、《天籟清吟》、《烙印的年痕》等書，目前任教於雲林縣西螺鎮文昌國小，課餘之暇擔任「網路古典詩詞雅集」版主，致力於古典詩詞之推廣。

時光荏苒，不覺賦詩已歷十七寒暑，余能入古典詩詞之域，實乃大幸也！余出身困苦家庭，父職鐵工，母事木工，兩人目不識丁，父母於我，雖無助於學，然其辛勤持家，養育之功實大，余今日稍有所成，應歸功於父母也。

回首學詩歷程，貴人實多。余大學所讀非中文科系，然對賦詩頗感興趣，將升大四之暑，網路青衫詩客寄我以作詩格律資料，使我得以入古典詩之門，其後於網路結識數位詩友，如李德儒、楊維仁、陳耀東（望月）等人，初期遣詞用字，得益於諸友甚多。網路切磋詩藝其間，亦曾多次隨詩友訪詩壇泰斗張夢機老師，得以聽其論詩詩，收穫頗豐。因作詩之故，中文興趣日深，大學畢業五年後考取淡江中文碩士班，受業於陳文華老師，聽其講解杜詩，獲益匪淺，且所讀既多，詩作亦略有長進。

創作理念

「詩言志，歌永言。」是以在心為志，發言為詩。人稟七情，應物斯感，感物吟志，莫非自然。余作詩之道，力求避免矯情、無病呻吟，以之抒發性靈，然不排斥用典。詩貴委婉、含蓄，祈能達到言雖盡而韻無窮。又古今時空雖異，詩心不變，古人寫當時事物，今人作詩亦當寫入現代事物，所作雖恐未及前賢，然皆本真情而作，亦應無愧於前賢矣！

題義才兄黃山圖冊十八首

辛卯仲夏余與柏豪兄同遊黃山，飽覽松石之奇，雲嵐之幻，頗感乾坤造化之神妙，實非吾輩所能臆也。時欲寫眼前之景，心中之思，苦無閒暇。返台後半載餘，於臉書見義才兄之黃山圖冊，復動吟詩之念，乃依其畫逐一題詩，此間義才兄增畫數幅，余又跟其步而賦詩，共成畫十八幅，成詩十八首也。

其一　十八羅漢朝南海

昂首向蒼穹，奇姿各不同。
時時參萬象，證得色為空。

其二　自前山登玉屏峰

芒鞋上翠微，一任雨霏霏。
世路如山路，猶當記採薇。

其三　猴子觀海

此山非五指，一坐竟千年。
看盡浮沉事，何如枕石眠？

其四　西海峽谷

怪石立如林，巍峨過百尋。
濃雲漫成海，恰可滌塵心。

其五　步仙橋

仙人何處去？空有此飛橋。
兩壁高千仞，登臨魂欲消。

其六　自蓮花峰觀天都峰

吟屐踏蓮花，天都與日遐。
層層階不盡，應是到仙家。

其七　蓮花峰

煙嵐流翠嶺，菡萏出清波。
自許身如彼，污泥奈我何？

其八　天海一景

山巖疑吐納，雲氣忽瀠洄。
愛看崖間樹，孤高不可摧。

其九　始信峰

行到山深處，石奇松亦奇。
由來誇勝景，始信幻如詩。

其十　無題

濃霧濕山青，迷濛無定形。
我身如一葉，浮動逐滄溟。

其十一　晚霞雲海

飛鳥銜陽去，千山浸晚霞。
雲翻騰似海，浩瀚接天涯。

其十二　獅子峰

雄踞三千載，堪除百萬兵。
莫言身已老，一吼眾山驚。

其十三　西海飯店

夕攬去留雲，朝迎漂泊雁。
往來多少人，都似山中澗。

其十四　天海

黑侵爭地石，紅染抱峰雲。
看取蒼松志，離塵自不群。

其十五　西海大峽谷

詭譎大峽谷，紛紛雲氣橫。
亭中宜小坐，杯酒佐濤聲。

其十六　無題

日晚霧瀰山，山松猶自閒。
沿途觀造化，悠然已忘還。

其十七　無題

絕壁掛奇松，輕嵐漫峻峰。
浮雲濃密處，或許有蟠龍。

其十八　無題

怪石勢岧嶢，千尋插九霄。
風雲自來去，望久靜塵囂。

尖石鄉山中作，用王安石〈書湖陰先生壁〉韻

細雨無聲自潤苔，勁松脩竹不須栽。
乾坤噫氣翻蒼浪，更帶山嵐撲面來。

酬子夷兄見贈蒼松一幅

萬壑移來一勁松，迎風矯健若蒼龍。
芸窗坐望生涼意，似有山雲盪我胸。

酬曰廣兄見贈大作一幅

一氣連綿萬馬馳，筆鋒急掃墨淋漓。
謝君情意深如海，總在人前說項斯。

奇石二首

其一

納盡乾坤萬古煙，化成一石伴松眠。
莫言空有清臞貌，贈與女媧堪補天。

其二

通透嶙峋巧奪山，滄桑歲月點斑斑。
一身傲骨不低首，別有胸懷在世間。

送別王財貴夫子

大道久衰陵，人心冷似冰。
賴公傳孔孟，明德振衰興。
鳳翼知高舉，麟蹤料可增。
推經九州去，析典化黎蒸。

聽淳廬主人彈石上流泉

文松誠雅士，愛古學彈琴。
一曲生春水，七絃清俗心。
初如淺溪動，忽似激泉吟。
白雪雖難曉，子期能解音。

京城秋懷八首

其一

天末金風掃碧岑，百花搖落益蕭森。
草山北攬滄溟氣，淡水西添寒夜陰。
獨眺市燈愁不絕，一思國事感難禁。
誰人與我同傾酒？莫管蓬萊雲霧深。

其二

塵寰經濟漸衰疲，牽動臺員亦可知。
假竟無薪憂萬戶，人多失業蹙雙眉。
廟廊紫綬齊籌策，街肆朱門猶舉卮。
風雨堪憐唯百姓，鳳凰何日一鳴岐？

其三

元戎訂策箭安弦，國教將行十二年。
海內譁然士垂首，途前闇矣霧迷天。
奇松本自危崖出，嬌草豈因溫室全？
學步他邦終得害，不如私塾效先賢。

其四

瀛島同聲響似雷，盡言人本育高材。
門徒俯仰頻逾禮，夫子言行微過埃。
松柏猶須費澆灌，櫟樗況是沒蒿萊。
爾曹不見為非者，幼小多無夏楚裁？

其五

蕭疏秋雨灑層巒，連日霏霏氣轉寒。
商賈翻雲金萬兩，農人竭力淚汍瀾。
耕田不遜杭州沃，行路還如蜀道難。
官府何曾憐乏困？昔聞踐稻裂心肝。

其六

時下青娥多拜金，京城客久感尤深。
頻留夜店攀紈褲，少入書齋養素心。
陋巷誰能無改樂？豪門自是喜連襟。
此風熾盛民情薄，不笑倡優笑乏琛。

其七

九月秋風亦怒號，倭人氣焰一何高。
雲遮海島驚群鷺，浪擊礁岩起巨濤。
自古釣台為我有，而今徽幟豈君操？
胸中激憤時迴盪，拔劍真思斬惡鼇。

其八

馬齒空添心自驚，九秋寒氣罩京城。
流光欲繫無神力，小賦唯吟紓己情。
天外玉盤初皎潔，市間燈火正通明。
清宵顧影憐霜鬢，猶恐庸庸度此生。

過文武廟拜至聖先師

近年來社會亂象紛呈，駭人聽聞，值此亂世，尤感聖人之道衰微，有志之士當揚經書之道，以挽狂瀾也。

世道衰陵不忍看，高山仰止意尤寒。
橫街惡少如狼虎，虐子熱湯錐肺肝。
逐利爭名時滾沸，推仁行義日艱難。
我非大器思猶壯，欲借經書平巨瀾。

步韻答大春詞長賀得子詩

夢到真時似未真，床前頻看小兒身。
一顰一笑勾憐意，半哄半呵安可人。
常餵杯中豆漿郁，偶望窗外月華新。
寒宵尿布幾回換，養子詎辭消己神？

玉山歌

東南海隅有一山，山氣磅礴噴九天。
嶮巇峰姿幻莫測，矗立瀛島千百年。
萬仞巉巖插空碧，一峰突起一峰連。
大鵬展翅過不得，義和駕日難著鞭。
晴時青嶺傾巢出，紛紛羅列爭後先。
直如巨刃割昏曉，橫似蒼龍沒雲煙。
雨時狂風挾沙石，水激浪湧盪百川。
雷聲轟轟撼閶闔，電光疾走擾帝眠。
臨冬復丕變，積雪白如練。
遙望群山皆玉顏，精光不定目亦眩。
光怪最是霧起時，奇姿幻態盡奔馳。
或如蚩尤領騎，或如風伯搖幟。
或如洛神梳妝，或如湘妃拭淚。
噫吁嚱，奇哉詭哉！
人間焉得有此山，此山應從仙界落凡來！

希臘左巴雅集

秋日雲開灑天光，左巴雅集興高揚。
一時座中盡髦俊，談文論藝近癲狂。
建樺寡言善治印，操刀能刻古樸章。
禮豪採編藝文事，雜誌佳篇傳四方。
振南家中貯萬卷，蒐羅珍本置雅房。
仕豪年少頗嗜讀，而立滿腹皆縑緗。
深識松煙無人敵，亦可賦詩泛墨香。
身懷三絕是子夷，篆刻書畫並柔剛。
更具火眼辨真偽，入眸畫作假難藏。
默父致力臺老體，筆勢遒勁似龍翔。
畫虎圖成風頓起，眾人望之脊生涼。
柏豪五歲臨碑帖，歐褚顏柳兼二王。
搦管行雲復流水，字成翩翩如鳳凰。
近年拜師更學琴，能操一曲生滄浪。
義才才高真絕代，力追北溥復南張。

弱冠臨遍古名畫，飢渴汲粹成圭璋。
下筆從容驚神鬼，千里山水生蒼茫。
來日境界孰能測？或可並駕大風堂。
今朝喜與八子會，願與諸君剖肝腸。
君不見古來文人多寂寞，聚首歡談豈有常？
逢人若問席間樂，堪比蘭亭飛酒觴。

註：希臘左巴乃台北一簡餐店店名。

胞與及萬物，方顯君子仁。

壯齋詩選

壯齋

詩人簡歷

壯齋，本名李知灝，國立中正大學中文所博士，曾任國立中正大學台文所專案助理教授，現任國立虎尾科技大學通識教育中心助理教授。網路古典詩詞雅集版主、興觀網路詩會會員。曾榮獲南瀛文學獎、玉山文學獎。著有《壯齋詩草》、《戰後臺灣古典詩書寫場域之變遷及其創作研究》、《從蠻陌到現代——清領時期文學作品中的地景書寫》等。

創作理念

文學創作中，形式只是基本，更重要的是內涵。文學的新與舊，形式並非判準，而在於呼應時代的精神。文字書寫者的天職，是將時代的精神、事件、想法，以自身的語文能力文字化，成為這個時代的見證，也成為後世文化體的一部分。詩可以為小品，用以清賞自娛；詩亦可為鉅作，用之歌詠浩歎。

本次選輯作品，有探討環境保護、臺灣歷史、食品安全、土地正義、學運、電影、網路、電玩等文化議題，也有自身閒詠抒懷之作。望能體現當代，傳諸後世。

山居

生性本疏懶，山居易保真。結廬伴野鶴，靜僻遠囂塵。
環翠招雲岫，溪澗聲作鄰。夜聽蛙鼓陣，仰望漫天銀。
寬庭供煮茗，覆瓦可安身。栽竹半園圃，落木採為薪。
取筍留篁茂，根固地不皴。解籜細掃淨，借壤還社神。
豈料開荒徑，谿坳成要津。客舍天尺五，拓地廣廩囷。
一朝蛟龍起，飛廉怒目瞋。巨廈傾摧折，村氓愁眉顰。
竊思欲保泰，寸土亦足珍。混沌莫鑿竅，大塊非無垠。
山靈應有語，良言感書紳。胞與及萬物，方顯君子仁。

過「台灣地理中心碑」懷想

虎頭山下立宏碑，鐵桿錨定中不移。
山清水秀刻封石，台灣之心名永垂。
台疆廣袤數萬里，位居海上似須彌。
經緯四極屢算度，縱橫交會央於斯。
今朝攬勝驅車至，循階撫石感慨奇。

似有精靈述青史，身居台島事應知。
南望高桅泊鯤嶼，紅毛城興賴牛皮。
移殖閩粵聚舶旅，轉瞬讓予騎鯨兒。
北看清帝入主後，墾號募佃次第滋。
爭土劫渠猶未息，莽莽荒煙化田陂。
俯視山間平原處，亦有兵火催陵夷。
百年糾眾侵水社，埔里為墟原族悲。
東見土牛換隘勇，碉壘高幟日丸旗。
隱隱霧社憶莫那，揮刀血染緋櫻枝。
西目生民遍阡陌，田畦豐作遵節時。
通衢貫串工商盛，諸港吞吐巨城規。
仰觀蒼天雲狗幻，數百年來多路歧。
倥傯歷朝走馬過，蚩蚩生民敦古儀。
幾歷累卵終否泰，家園仍是先人遺。
濟美前賢當今世，擔任無須問著龜。
君不見、鴻雁倦歸美麗島，海央故里乃根基。
薪傳台灣無窮盡，瓜瓞榮盛定可期。

鄭氏王朝四首

鄭成功

草雞為兆夢騎鯨，劍井傳聞處處生。
盡瘁唯擎招討幟，世間枉說鄭延平。

鄭經

留守敵前猶竊香，風流胎結逆倫常。
軍中更有朱明裔，不奉真君稱郡王。

鄭克壓

監國良謀拓海原，教施廩足眾滋繁。
雄圖難避蕭牆禍，盡在螟蛉二字冤。

鄭克塽

飄搖海國賴持維，立庶傳賢父早知。
弒殺奪權終社屋，櫟樗材性本難支。

近日萊園一遊，敬和笠雲生〈游萊園懷灌園先生〉並書本事

忍成易代櫟樗吟，文協一新名未沉。
五桂殘樓三傑遠，豐碑猶伴讀書音。

乙未割台，諸子以櫟樗之材自比，結社於林家私苑「萊園」，名「櫟社」，作詩吟詠。時櫟社諸子亦組成「台灣文化協會」、「一新會」等組織，介紹世界潮流，並長期前往日本請願設置台灣議會。五桂樓為萊園觀戲樓，惜傾頹於九二一地震，僅留殘基。林家三傑者，林癡仙、林幼春、林仲衡。萊園今為台中霧峰明台中學，諸遺跡中猶有「櫟社題名碑」。

讀吳萱草〈鐵窗風景二百題〉有感

別有洞天難忘憂，荒唐滿紙萬般愁。
已墟南獄商衢立，轉瞬繁華樂無休。

醉草園（過詩人張達修故居遺址）

延平宮外鏡台東，地近愚溪十畝叢。
園址成虛迎墨客，驛名猶在憶詩翁。
蜿蜒竹徑鯛池畔，吟詠書聲草屋中。
恍有餘音環翠色，依然雲鶴共清風。

愚溪：張達修稱東埔蚋溪為「愚溪」或「愚川」。
驛名：原址附近公車站牌名有「醉草園」。
鯛池：醉草園故址原有小鯛池、池畔有耕雲草堂，今已不見。

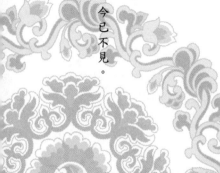

詠張達修先生

古雅風流自有源，貫通經史破籬樊。
篁川名震騷壇訊，凍頂詩揚故里言。
涉世無驕災劫至，探親歷險海天昏。
雖經履否終貞吉，鯤島猶傳醉草園。

讀曾今可《落花》詞集

塵寰混跡震洋場，七紀新詞亦覺芳。
雅納西文馴里語，毋奇社侶譽魔王。

海角七號六首

國境之南

萬般心緒滯歸舟，怎奈洪波迫遠浮。
亂世情牽逾甲子，悵惆身後付傳郵。

記代表

愛鄉愛土愛澄濤，怎耐侵陵滿腹騷。
莫誚野人粗鄙甚，無情最是假清高。

記茂伯

郵吏本非搖滾材，月琴國寶搶登台。
莫嘲野叟工營汲，暮齒良機難再來。

記勞馬

樂當警隊急先鋒，未省佳人紓軫容。
萬罣難消離別苦，淚痕珠配願相逢。

馬拉桑

原玉經磨終有光，千年傳統溢陳香。
勤工喜作歌狂醉，盡興人生馬拉桑。

鞋

奔波萬里走倉皇，屐齒消磨為熱腸。
一日招呼奸猾首，教渠應識甫田芳。

青春淚

無悲奼紫付頹垣，慨憾朱門矯聵昏。
振臂斕衫肝膽照，明珠落土醒長鯤。

秘書臺

天地明夷舉世滔，無才疏諫祿盈槽。
可憐夜半風波後，不問蒼生問餅糕。

夏熱

半畝方塘阡陌通，蟬鳴鳳木起飛鴻。
平生不作浮雲想，欣見田疇載穀豐。

食不安

食不安，徒有金饌堆重巒。
商鞅難再商人慢，鬼蜮技倆豈容刊。
齒不彈，酌用順丁烯二酸。
炮製均勻和粉麵，復成晶瑩珍珠丸。
油不萃，銅葉綠素等仙丹。
誆言南歐初榨至，實與橄欖不相干。
牛不美，灌注萊克多巴胺。
蹄不飛揚體不動，五花肥嫩盛滿盤。
湯不郁，麩胺酸鈉迷舌官。
分製肉粉海鮮塊，清泉轉瞬味千般。
芽不白，浴以甲醛白玉觀。
透亮宛若天上物，鴆毒無形沁肺肝。
鍋不艷，蘇丹紅麗勝綺紈。

麻婆亦羞失顏色，誇言天然等欺謾。
食不安，戲言不妨茹素餐。
葷非葷兮素非素，失算葷素混成團。
君不見、假作真時真亦假，詭計幾同曹阿瞞。
食有假兮毀四端，猶聞朱門兮笑彈冠。

寶可夢（Pokemon）

雀鼠盈街鯉臥濱，龍羆當道擬非真。
乾坤一擲靈光現，寰宇搜奇喜自珍。

數位出版

圖文下載自雲霓，不復童山災棗梨。
信用但憑彈指得，百家經史任持攜。

初試Flash

彩翼翩翩去復還，春風欲現費機關。
無絲傀儡螢屏戲，夢蝶莊生彈指間。

網路自拍

足食難教禮義伸，何端盡解露真身。
此當獵獵寒風日，應有餘衣濟困貧。

廣告

寶馬香車載羽裳，倉盈珍味屋堂皇。
世間多少繁華夢，都入吹彈紙一張。

妖怪村

山精環顧現廛街，林霧氤氳人鬼偕。
且舞載歌歡洽地，可無別話續聊齋？

將南遊

簿書成疊夜難眠，對案神馳若目前。
沙馬磯頭山海闊，仙人枰上可分先？

仙人山

裂岸驚濤亂石堅，蜿蜒驛道判山淵。
仙人枰上氤雲繞，未審何方勝著先。

玉山望想

巍巍史簡盛名褒，佇望莫悲人似毫。
他日登臨顛頂立，仞千添簣復新高。

溪頭偶題

晨興蹊徑現，杉檜隱鳴禽。掩映循苔跡，琤瑽雜竹音。
目清仰自遠，胸豁感尤深。應有山靈在，毋庸萬里尋。

檜沼新望

檜沼，又稱杉池，地近北門車站。阿里山林業發達時，開闢為原木暫措之所。近年泰半填平興建文化中心，有展覽廳與音樂廳兩大樓，並附設圖書館。該地至今仍為嘉義市交通往來之所。

憶昔通衢會，北門杉檜盈。輕車同絡繹，譽廈共崢嶸。
藝術添丰采，弦歌送韻清。臨池光掩映，文化復新生。

竹節

篁谷清音發，逢春个字萌。持中君子骨，金石莫能京。

黃金風鈴木

一夕豪華現錦團，何須枕夢到邯鄲。
聲名不待清風播，如幻惹人循徑難。

金露

地無肥瘠競綿延，點露微霖亦色鮮。
造物滋繁分碧紫，有心裁剪塑方圓。
每經風雨根猶宿，屢挫芽枝骨愈堅。
轉瞬突生難限範，自由天性本該然。

【漁歌子】觀「鐘點戰」有感

「鐘點戰」，電影，言後世以光陰代泉貨交易，或可長命千歲，或瞬時即逝。有男女奪諸當道，以享貧民者。

百萬光陰一夕銷，自由無復苦征徭。
歌暢意，醉歡陶。冰輪有夢共漁樵。

四圍經史堪怡悅，兩袖煙雲自奢華。

瑣語續稿

張富鈞

詩人簡歷

張富鈞，花蓮人，長居北臺。淡江大學中文系研究所博士。大學時先修習胡傳安教授之「詩選及習作」課程，開啟對古典詩之興趣；之後又向陳文華、顏崑陽、張夢機諸位教授請益，加入「驚聲古典詩社」、「興觀網路詩會」、「網路古典詩詞雅集」、「臺北市天籟吟社」等詩社，並多次參與「台北市文學獎」、「教育部文藝創作獎」之古典詩組競賽。近年則主要協助淡江大學中文系舉辦「蔣國樑先生古典詩創作獎」，以及協助籌畫臺北市天籟吟社之「古典詩詞講座」。與詩友合著有詩集《網雅吟懷》；編有《網海拾粹》、《天籟清吟》等書。

創作理念

余秉性疏狂，於詩不喜多作。事無大小，往往一過輒忘。偶有動心，所遇可歌可哭之事，亦未能盡記於筆端，然悲喜之情，自有可沉吟者。昔有彙取遊歷之雜詠與感人情翻覆冷暖之《瑣語集》、《囈語集》二帙，今復以近年諸作為《瑣語續稿》。泛覽觀之，或寄情言事，或自抒懷抱，或吟詠風月，蓋皆生活瑣碎耳。嘻！真老矣，不過些許雜憶，竟亦絮叨成卷，大雅觀之，當付之一噱也。

苦熱

七月天猶熱，乾坤似煉銅。原思居小屋，恰似坐蒸籠。
電篦薰風暖，碗冰春水融。驅蚊成戰陣，灑汗落霓虹。
期擬秋來日，卻道夏未窮。何如輕一指，痛引快哉風。

口湖牽水狀文化祭

滄海無情起夜瀾，遂教闤闠化荒灘。
群靈共穴憐民苦，萬善同祠願境安。
俎豆百年牽寂寞，狀燈千轉憶艱難。
前車之覆後車鑑，休作尋常祀典看。

水狀，又名水⿰車藏，為紙糊之長筒，上有諸神像及亡者姓名，道士誦經時轉之，象徵亡者自九幽昇至天界，乃閩南地區度拔溺死亡魂之科儀。道光廿五年（一八四五）農曆六月七日，雲林沿海大水，死傷無數，骸骨不能辨，惟聚而掩之。皇帝閔其孤苦，賜名「萬善同歸」，蓋有慰生弔死之意。生還家屬每年延請法師，舉辦水狀科儀以超薦亡魂，傳承至今已歷百年，為雲林地區之重要民俗活動。

詠錢

輕薄通寰宇，人人好五銖。
雖非萬能物，竟使四方趨。
羞澀憐通寶，豪奢笑卡奴。
興亡同罪此，小物亦何辜。

清明

清明歲常至，人事幾清明。
春草初抽碧，雲霾尚鬥兵。
憑軒猶躑躅，何處解陰晴。
四海鴻鵠志，羞聽杜宇鳴。

檢點舊文，見多用一笑一噱結，真不知有何可笑，用維剛〈有感〉韻塗鴉一首

文章何可笑，小子愧吾師。
筆墨塗酸語，噓噱作短詩。
疏狂天秉性，覆瓿早知遲。
卷首怡悅字，應成樂眾時。

見新聞有驅蚊中藥包方，試之香甚濃，著衣未散

端陽猶未至，先結小香囊。
斟酌網路策，束包怡悅堂。
氤氳浮袂色，桂艾入字香。
能逐蚊蠅輩，無堪鬼嘯梁。

乙未中秋送鷺聲詩社諸友訪長沙

盛會逢秋節，羨君增見聞。
還攜淡江水，來浣洞庭雲。
明月聯清詠，高懷共桂芬。
汨羅如有訪，代為酹湘君。

送別

海日生殘月，倦雲戀故枝。
休辭杯底酒，憐取眼前時。
夜永銀釭淺，星疏暮色垂。
鴻鵠應有志，未敢問還時。

口湖烏魚子

篊上烏魚子，珍饈說口湖。
青苗薦金玉，霜刃剖膏腴。
但得甘於口，焉知價比珠。
漁民誰更問，過得歲寒無。

秋豔

霜濃秋更豔，風物未全刪。
雨洗翻紅葉，雲高聳碧山。
禽蟲聲感動，壟畝色斑斕。
還待冬來日，朱梅映雪間。

農忙

開眼無窮碧，耘歌徹九霄。
新秧熏暖日，好雨涴心苗。
萬子起顆粟，常荒因一驕。
家家勤隴畝，應可兆秋饒。

感事

案牘翻愁天地窄，陰晴人事更相加。
銜花燕去孤飛雨，涴盞誰斟新焙茶。
筆底文章不堪說，秋來消息一何嗟。
唯餘枕夢朝南斗，也乞年華才也賒。

天籟新傳

儒林風勵繼衣冠，道在斯文韻不寒。
妙筆漫成天籟調，高吟翻作稻江瀾。
九句承續開生面，七任傳薪啟大觀。
今歲又將逢盛會，應聞雛鳳振高翰。

蓬島迎春

爆竹聲中舊歲遷，海東今日啟新篇。
蒼穹此後辭寒色，碧草初生別有天。
兒語燕喃真可愛，千紅萬紫是嬌妍。
羞慚未得如椽筆，好寫蓬萊春景翩。

龍埕觀海

波濤汗漫間，隱約仙居處。
我欲學秦皇，揚帆滄海去。

七美島上咾咕石成堆，遠望如龍鱗

沿山咾石籬，隱隱烏鱗似。
一日鼓雷霆，潛龍應有起。

小台灣

蜿蜒海蝕岩，臺島依稀識。
天道豈公平，依然分畛域。

七美島上有黑羊，與咾咕石相映成趣

青蕪咾石間，群羖從容出。
或有隱仙人，時為羊石叱。

雙心石滬　時漲潮，隱約不可見

石滬隱波濤，幽情難可得。
我心解爾心，何必旁人識。

題 IKEA 野狼玩偶

IKEA 野狼玩偶，腹中藏一老嫗偶，可搬演小紅帽故事

哀哀老嫗身，還得離狼腹。
獵戶世何希，黔黎成俎肉。

丙申新春試筆呈諸詩友

爆竹翻新歲，千門迓早春。
吾曹顏未改，依舊是詩人。

重陽菊

九日京華客，也栽秋影叢。
何如故園菊，猶得伴家翁。

新得Z3手機，以楓葉紋包膜

一種癡情誰似我，時時掌上寄相思。
可憐綠葉成陰日，金屋安排已太遲。

粽形手工皂

開篋盛來角黍香。今年別趣渡端陽。
但供屈子潔身手，不向蛟龍充胃腸。

夜眺　分得「莫問滄桑終古事」句

莫問滄桑終古事，須憐此刻一盃歡。
百年蝸角真無賴，賦予漫天霜露寒。

得流感腹瀉不已，戲題二首

其一

連宵中夜寡車塵，獨座茅房一富鈞。
堪笑吾非堯舜輩，只憂身病不憂民。

其二

未得大黃醫此生，漏催斗轉漸三更。
病愁二字文青事，夜夜腹中鳴不平。

灣生

灣生者，日據時在台所生，二戰後遣返回日之日人也。生於台，長於日，幼長之憶，不復相續，斯人斯土，故鄉何處？。

莫笑他鄉作故鄉，故鄉或許是荒唐。
可憐嗚咽東流水，地北天南未始忘。

蓮城勝安宮元夕竹枝詞

正月瑤池開勝會，香車寶馬滿蓮城。
歡聲如筆夜如絹，繪滿煙花賀太平。

上元勝會聚瑤臺，隱語高張任競猜。
妙解於心紛攘臂，贈君一只保溫杯。

金釭照遍遲遲夜，銀履偏傳緩緩音。
正是前人詩句好，春宵一刻值千金。

遊屐笙歌曲未闌，卿雲捧得月團團。
千燈妝出繁華色，付與遊人一夕看。

步韻韶祁學長〈得文華師電郵感作〉

嘯吟還似初笄女，一字方安已白頭。
詩趣真如名利事，幾人肯向死前休。

觀釣　次韶祁學長韻

天地蒼茫一棹舟。一綸勾破一湖秋。
臨淵真羨波中月，無主憑他逐浪浮。

翫月　次文華師韻兼呈諸詩友

今宵重見一輪圓，方滿又虧無兩全。
免逐人間車馬事，姮娥未必更堪憐。

苦熱

山居猶覺汗淙淙，立夏初過筆已慵。
艷日如催秋穫好，未辭暑熱勸耕農。

冬陽

一晌陽春帶笑看，枝頭簷上漫成歡。
冬晴催得乾坤暖，誰與人間解歲寒。

春寒

百花猶未識東風，料峭京華色尚濛。
獨有山櫻無懼態，一枝紅綻雨煙中。

唯嚐血淚臻佳境，漸斂性情工鈍辭。

維剛詩選

何維剛

詩人簡歷

何維剛，臺灣大學中文系博士候選人，著有《六朝哀挽詩文研究》。習詩於網路古典詩詞雅集，興觀詩社、重與詩社社員。

創作理念

世事浮沈，塵寰聚散。回眸離會，幾多不堪。故友因見歧以行遠，燕侶或聚寡而情淡。每思往事，半覺已矣，偶撫陳跡，徒生慨然。志學以來，習詩於網路，出入格律之間、轉圜意境之際。初始拈韻，不過廿歲。驀然回首，從遊十年。情藝琢磨，未臻於善，而吟詠年日，竟佔浮生過半。唏噓之餘，亦復莞爾。

自識網雅諸賢，吟和未止，賡韻不輟。有流觴之雅致，無擊缽之俗音。然十年之中，戎庵、藥樓、夜風俱已仙逝，典型夙昔，時相追憶，讀詩懷人，偶亦愴然。抱樸、風雲、壯齋，吾從之習詩。弘傳詩教，本乎性情，弗詭於道，為吾輩所欽。故紙、莞莞，吾之同儕。接處吟遊，最為知交，詩出天機，鮮見雕琢。雖情和而詩寡，卻誼長而情深，此吾固當愧省，亦為之欣然。

吾詩寡，亦拙於速。才之鄙薄，劣于諸賢，或積思累旬，始得成篇。今蒙不棄，忝列其側。願筆墨真情，未因事廢，初衷常保，共續詩緣。是以記。

八月赴陸寄重與諸詩友

慣聽瀛表噪蟬聲，仲夏江寧復遠行。
願採蔣山青一片，天涯遙贈故人情。

步未名湖畔寄蓉

塔瘦支天湖未名，入京心在海潮聲。
臨波欲折青青柳，寄我相思一段情。

成功嶺新訓用餐

蟻行貫列步徐徐，屏息汗漿曾未疏。
莫笑盤飧任烹宰，而今我亦釜中魚。

偕女友遊內埤海灣四首

其一

執手緣潮岸，清涼醒氣神。
顥穹船影小，細礫漲痕新。
眺海誠忘累，交心在任真。
碧濤天際遠，且惜眼前人。

其二

拋卻塵寰事，澄瀾觸眼青。
海天懸一線，雲浪幻千形。
漭沆玄虛賦，巉崖水墨屏。
返潮頻拍岸，閒坐悄然聽。

案：木華字玄虛，著有〈海賦〉。

其三

天低雲欲壓，海氣漸蕭蕭。
砂潤鳴喧玉，灘危隱暗潮。
回眸諸跡泯，寄世一鴻飄。
獨立蒼茫外，憑君慰寂寥。

其四

薄晚消蒸暑，涼隨海氣增。
銀波浴蟾兔，暗夜點漁燈。
蛟出顛風起，鯨騰怒浪崩。
穿屐潮水冷，攜手不飄零。

臺北青少記四首

懷臺北高中詩社聯盟

欲問少時友，睽違情若何。
江湖隨汨沒，歲月付吟哦。
散亂南皮集，飄零金谷歌。
難常斯樂矣，徒賸夢迴多。

憶初考臺大落榜

沖霄雛鳳振，爭競一時鳴。
客盡澄瑩璧，我唯嘲哳聲。
恃才非久略，進學貴深耕。
願斂酸迂氣，垂帷步董生。

臺大FF開拓動漫祭

草偃東瀛熾，瑰奇眼為新。
暗潮趨大有，小道匯同人。
或諷行言蔽，欲存情性真。
世昏何獨醒，御宅寄精神。

感書店問津堂收業

十年瀛海月，殘照小樓秋。
殖貨宜從俗，貪書合避愁。
傳薪鍾秀異，濟世繫風流。
有道隨沮溺，何須步孔丘。

看新聞有感後作

看盡螢屏罵與誇，廊階敗草亂如麻。
人情造作腰眉眼，世道浮沈雀鴇鴉。
信義猶存甘伏櫪，饑貧未濟恨浮槎。
僵殘局內孤枰子，一片冰心倦冷茶。

按：雀，麻將，賭也；鴇，老鴇，黃也；鴉，鴉片，毒也。

教師會館遠眺　頸聯用特拗

玉色明潭一望收，十年吟卷此登樓。
巒峰滴翠濃盈掬，曉曙涵清嫩欲流。
雋骨羈為笥龜困，斑鱗累作釜魚游。
何妨姑置人間事，載酒隨波任放舟。

車行環潭道中

何處塵寰可遁逃，林風滌盡久焦勞。
滴衣嵐翠深於酒，盤嶺雲容厚欲濤。
潭水虛懷能善下，峰巒負氣競爭高。
驚聲夜鷺雙飛去，尚歇餘暉停小舠。

中國網路防火長城

漢壘秦關萬里城，安疆閉守苦蒼生。
風沙已瘞兜鍪影，網路新興版築聲。
唯憫翻牆求信據，豈因防火蔽輿情。
神州何處無憂患，專擅人間說太平。

研究室夜歸

時從契友任優遊，閑話詩書半避愁。
窗冷龍蛇浮魅影，宵深雀鷺鎖矕樓。
溺途終返心初處，養晦遙望夢盡頭。
襲面冬風猶料峭，閑雲掃徹一天秋。

研究室望雨

潑墨雲濤渲未央，過庭秋雨喚新涼。
滴階珠玉勝琴韻，沾露屐裙黏草香。
錯落傘擎天黯淡，寂寥燈點樹微茫。
憑窗已感孤吟慣，莫向思量問短長。

李主任攜生訪北大，會中戲筆寄蓉

萬里離鄉夢不堪，迷茫處處繫東南。
從師坐立心時冷，畢講行遊味始甘。
每倦拖頤聽冗論，常懷攜手說閒談。
謁京困蹇呈諸事，未若偕君酒一酣。

訪新寮瀑布

春晴杳杳鬱嵯峨，疑聽海潮相盪磨。
溪出密林縈素練，煙迷仙窟隱青螺。
危崖盤樹虹長掛，鬧市隔雲蛙自歌。
可惜潺湲山澗水，人間誤入始風波。

感懷

世味深嚐苦勝甘，人情徒合醉中參。
焦頭始悟資愚魯，腆臉終歸付笑談。
歲月追逃無處可，親朋分聚有緣堪。
襟懷自是千杯量，觸到心深酒易酣。

端陽贈諸詩友

風雅追攀時愧心，喜從端節賦新吟。
孤高自適元和體，玄雅誰談正始音。
釣句每須茶作餌，裁篇猶著酒為針。
詩情常願如箕帚，掃盡靈臺歲月侵。

兵役專訓澄清湖畔，憶少曾習詩於此，感而作

重訪經年景亦佳，湖波瀲灩接雲涯。
少從詩課今戎課，夙出軍差夜筆差。
因惰豐來多髀肉，隨愁淡去半吟懷。
一風樹色猶澄碧，吹入夢中傳習齋。

軍中夜哨　末聯用拗

無邊萬籟闃深沉，真感乾坤歸一心。
燥溽褪餘霜月見，喧囂罷盡草蛩吟。
殘星冷落如相語，半盞清閒且自斟。
遙憶窗前擁衾日，香溫共此夜森森。

讀詩懷人

數年重揀藥樓詩，師豈罪吾追挽遲。
無理接縫生妙趣，多情截搭入新詞。
權賒螢幕千江水，漫煮茶鐺一縷絲。
料想山潭依舊碧，唯餘人境異當時。

廿八自述

青春寥落案書圍，彩筆慚為俗所羈。
談夢不離生老病，處心多執愛嗔癡。
唯嘗血淚臻佳境，漸斂性情工鈍辭。
世事由來風雨半，詩懷每在晦晴時。

【漢宮春】淡水潮敬次柏恩學長韻

渲彩雲天，望江潮迴盪，霞抹飛紅。流離歲月，數年誰記初衷。青山依舊，漸蹉跎、扮戲聲中。才性淺、鴟鶘甚似，只堪枝借蒿蓬。

每感人情變換，溺嗔癡愛恨，世事難窮。韶華可憐到眼，盡付虛空。長堤獨坐，海濤間、夜月消融。聲乍起、依稀倩影，回眸一夜清風。

【沁園春】遣懷

登罷雲煙，望斷江山，萬里夕陽。笑廿年蹤跡，堪如泥爪，儒袍蕭索，詩骨淒涼。雜處鴟鴞，龍蛇不辨，雞止高桐亦鳳凰。終知矣，縱懷瑜握玉，也作佯狂。

人間寓目蒼茫，失群雁徘徊天一方。嘆江波樓閣，已非前見，陌頭楊柳，尚歇餘香。若夢浮生，星移物換，何處飄零何處鄉。無聊甚，已不堪醒醉，更懶悲傷。

網路古典詩詞雅集十五周年徵詩

網路古典詩詞雅集十五周年徵詩得獎作品

詩題：以「懷人」為主題，題目自訂
體裁：七絕
詩韻：限平聲韻目（以平水韻為準）
左詞宗：文幸福教授（玄奘大學中文系退休教授）
右詞宗：李佩玲女史（網路古典詩詞雅集前版主）

左元右十二：醉雨〈海上懷人〉

去時曾托海邊鷗，一點情癡未可留。
雲影沙痕皆故事，卻隨潮湧上心頭。

右元左十七：風雲〈懷人〉

才堪倚馬鑄奇辭，音信煙消頗憶之。
何日重逢同暢飲，芸窗對坐鬥新詩。

左眼：彼岸花〈憶君〉

一道相思無絕期，鏡中獨自畫殘眉。
登樓不解愁滋味，猶記月明雙照時。
注：相思之「思」，當平聲動詞使用。

右眼左十一：楊維仁〈讀藥樓遺詩懷夢機先生〉

茗邊咳唾凝珠玉，筆底雲霞織綺羅。
展卷聊充親謦欬，藥樓風義感懷多。

左花右五：阿尼〈無題〉

望斷雲天鴈影遲，誰憐瘦影醉東籬。
一秋心事歸何處？唯有天邊明月知。

右花左十：子衡〈憶故人夜風樓主〉

餘澤猶存淡水濱，思來愁緒總無垠。
急觴高唱陽關曲，三疊聲中憶故人。

左臚右十五：故紙堆中人〈懷張國裕先生〉

淋漓彩筆稻江春，天籟詩宗憶北辰。
猶記昔年承美譽，至今慚愧作詩人。

注：北辰，張國裕先生公司名。余曾蒙先生賞譽為詩人，至今仍愧不敢當。

右臚左十三：陳蘆馨〈懷旅居日本友人〉

欲寫相思句未成，眼前何物不關情。
自君別後無窮恨，盡在攀花折柳聲。

左五：玉令〈見梅懷故人〉

綠萼幽香沁酒巵，冰魂雪骨觸心思。
昔前相賞人何在？月色空餘映玉枝。

注：昔日同賞，折梅泡酒保花容，今故友已成仙歸去，見梅思人。思當思念也。

左六右十六：客終南〈秋夜懷人〉

月影清幽寄北亭，秋聲細轉舞流螢。
愁教井下銀瓶墜，人似橫波逐浪萍。

右六：伯勞〈清明思母〉

不盡春暉啼子規，長雲寸草亂風吹。
鬖鬖嶺樹泠泠雨，何濕清明又濕碑。

左七右十九：黃福田〈逢秋懷友〉

陽關一曲共言愁，從此相思兩地收。
舊國丹楓君記否？夢中獨看十年秋。

右七：嗥月者〈懷人〉

中秋夜沏鐵觀音，欲把新詞寄摯深。
未曉蟾蜍能認字，朝西某處作清吟。

左八：吳紘禎〈懷友〉

兩地綿延隔幾重？與君一別夢曾逢。
天寒細雨愁吾步，風起蒼山送晚鐘。

右八：杯蓋〈懷友〉

當年夜話細論文，雅韻高情今不聞。
幾度夢中修舊好，鬧鈴卻破一時欣。

左九右二十：楊竣富〈寄懷蔡君〉

行雲已去聘良圖，隔海深知道不孤。
未覺人間入秋色，夜聽風葉有還無。

右九左十五：姚啟甲〈憶天籟吟社前社長張國裕老師〉

每憶張公心益虔，吉祥詩句盡堪傳。
即今天籟承風雅，更有高才續大賢。

注：張師一再叮嚀寫詩要寫吉祥語。

右十左十八：李皇志〈懷人〉

明月多情時照我，吟哦豈復竝群倫。
拈來詩筆應猶健，記取當年談笑春。

右十一：許今珍〈懷黃天賜老師〉

每至輕寒暗自傷，師徒三載隔陰陽。
攤前忍看雖如舊，再和吟聲恨未償。

左十二：小發〈懷人〉

高樓極目覓誰家，白鷺徐飛帶晚霞。
我憶君時如水月，悠悠歲月亦空花。

右十三：如意翁〈念母〉

相思難戒覓無方，獨向秋山飲淚觴。
懿德慈恩深不盡，萱前反哺夢中償。

左十四：一善〈懷三妹〉

二十年來夢醒時，幾曾追憶不堪詩。
蒼茫已是無尋處，歲月匆匆夜月遲。

右十四：人土土〈憶亡母〉

病中剝食齒生香，絮語榻前忘夜長。
今見珠榴雖可口，不知何處侍親嘗。

左十六：甄寶玉〈懷友〉

寫真歷歷憶蘭襟，君愛凝神聽我琴。
漸杳無書人已老，何將一曲寄知音。

右十七左十九：浮生過客〈秋心候〉

天遠客遙風斷塵，日斜回眼舊孤身。
飛花不認誰為主，暗疊相思引故人。

右十八：心寒 Shinhan〈過草山古道憶友詠懷〉

鵰城十月小陽春，古道登臨對此辰。
忽就西風蕭瑟起，楓紅搖落少伊人。

左二十：天兒〈懷人〉

遙寄情懷句句詩，可憐筆底韻遲遲。
縱題江月何人待，心事長年君不知。

網苑凝香：網路古典詩詞雅集十五週年紀念詩集

製　　作　網路古典詩詞雅集
主　　編　張富鈞
編　　輯　吳俊男、李知灝
封面設計　徐上婷

發行人　陳滿銘
總經理　梁錦興
總編輯　陳滿銘
副總編輯　張晏瑞
編輯所　萬卷樓圖書(股)公司

發　　行　萬卷樓圖書(股)公司
臺北市羅斯福路二段 41 號 6 樓之 3
電話 (02)23216565
傳真 (02)23218698
電郵 SERVICE@WANJUAN.COM.TW
大陸經銷
廈門外圖臺灣書店有限公司
電郵 JKB188@188.COM
香港經銷
香港聯合書刊物流有限公司
電話(852)21502100
傳真(852)23560735

ISBN 978-986-478-059-4
2017 年 2 月初版
定價：新臺幣 360 元

如何購買本書：
1. 劃撥購書，請透過以下帳號
   帳號：15624015
   戶名：萬卷樓圖書股份有限公司
2. 轉帳購書，請透過以下帳戶
   合作金庫銀行古亭分行
   戶名：萬卷樓圖書股份有限公司
   帳號：0877717092596
3. 網路購書，請透過萬卷樓網站
   網址 WWW.WANJUAN.COM.TW

大量購書，請直接聯繫，將有專人為您服務。(02)23216565 分機 10

如有缺頁、破損或裝訂錯誤，請寄回更換

國家圖書館出版品預行編目資料

網苑凝香：網路古典詩詞雅集十五週年紀念集/ 張富鈞主編.
-- 初版. -- 臺北市 : 萬卷樓, 2017.02
面 ; 公分. --
ISBN 978-986-478-059-4(平裝)

831.86105025556